書下ろし

暴発

警視庁迷宮捜査班

南英男

祥伝社文庫

目次

第一章　連続猟奇殺人

1

香水が鼻腔《びこう》をくすぐる。

甘い香りだった。何かの花の匂いに似ていた。

尾津航平《おづこうへい》は小さく振り返った。

六本木にある老舗《しにせ》のカウンターバーだ。十月上旬のある夜だった。三杯目のバーボン・ロックを傾けていた。

すぐ近くに、彫《ほ》りの深い美女がたたずんでいる。その容姿は人目を惹《ひ》く。女優のようだ。二十六、七歳だろうか。大人の色気を漂わせていた。プロポーションも申し分ない。

「何か？」

尾津は、ハーフっぽい顔立ちの女に問いかけた。

「あのう、どなたかとお待ち合わせですか？」

「いや、独《ひと》りだが……」

「ご迷惑でなければ、少しの間だけ恋人の振りをしていただけません？」

「どういうことなのかな？」

「わたし、反対側の端でカクテルを飲んでたんです。半分も飲まないうちに、三人の男性が代わる代わる言い寄ってきたの。うっとうしいんで、誰かに彼氏に化けてもらおうと思いついたわけです」

「そう」

「申し遅れましたが、わたし、桐野瑠加《きりのるか》といいます。隣で飲んでもいいかしら？」

「別にかまわないよ、こっちは」

「では、失礼しますね」

瑠加と名乗った美人が、かたわらのスツールに腰かけた。また、香水が匂った。何度嗅《か》いでも、馨《かぐわ》しい。

「この店には、よく来てるのかな？」

「つき合ってる彼と週に一度は来てるんですけど、今夜はデートをすっぽかされてしまったんです。それも、ドタキャンなんですよ」

「彼氏に急用ができたんだろうね」

「電話でそう言ってましたけど、それは嘘だと思います。おそらく新しい彼女にのめり込んでしまったんでしょう」

「それは考えすぎじゃないかな」

尾津はセブンスターに火を点《つ》けた。

「数カ月前から、彼が二股をかけてるような気配を感じ取ってたんです。多分、交際してる男はその相手と会ってるんでしょう」

「そうなんだろうか」

「彼とは五年越しの仲なんで、浮気心が起きたんじゃないかしら」

瑠加が淋《さび》しげに笑って、バーテンダーにモッキンバードを注文した。テキーラをベースにしたカクテルだが、それほどアルコール度数は高くない。ペパーミントグリーンとライムジュースをシェイクしてあるからだろう。

「お名前、教えていただけます？」

「尾津というんだ」

「素敵なお名前ですね。ちょっとニヒルな感じの色男には、ぴったりの苗字だわ」

「色男なんて言葉は、半《なか》ば死語になりかけてるんじゃないのか？」

「ええ、そうでしょうね。わたし、流行《はや》り言葉が嫌いなんですよ。大人の女がイケメンなんて言ってると、なんか情《なさ》けなくなります。美しい日本語がたくさんあるのに……」

「もしかしたら、あなたは国語辞典の編集者なのかな？」

「おからかいになって。わたし、イベント企画会社で働いてるんです。尾津さんは、どんな仕事をされてるんですか？」

「派遣《はけん》でいろんな仕事をしてるんだ。何かに縛《しば》られたくないんで、あえて遊牧民《ノマド》みたいな生き方を選んだんだよ」

尾津は、もっともらしい嘘をついた。民間人に自分が刑事であることを明かすことはめったになかった。

三十八歳の尾津は、警視庁捜査一課強行犯《きょうこうはん》捜査第二係の一員だった。第二係は、未解決事件を専門に継続捜査しているセクションだ。尾津は、およそ一年半前に新設された迷宮捜査班分室のメンバーだった。

非公式の分室が設置されるまで、彼は渋谷署刑事課強行犯係の主任を務《つと》めていた。殺人や強盗など凶悪犯罪の加害者を次々に割り出し、敏腕刑事と目《もく》されていた。

といっても、尾津は優等生タイプではない。型破りで、血の気は多いほうだ。妻の浮気相手を半殺しにするという不祥事を起こしてしまった。

不倫相手は人妻を寝盗《ねと》ったことに疚《やま》しさを感じていたようで、頑として被害事実を認めようとしなかった。そんなわけで、尾津は懲戒免職にならなかった。だが、傷害事件は署長に知られてしまった。何らかのペナルティーは科せられると覚悟していた。

妻と離婚した翌月、尾津は人事異動で意外にも本庁勤務になった。戸惑いは大きかった。通常なら、栄転である。

生まれたばかりの強行犯捜査第二係迷宮捜査班分室に配属されて間もなく、尾津は変人刑事たちの吹き溜《だ》まりであることを覚《さと》った。

第二係はベテランの捜査員が圧倒的に多い。その分、フットワークは重かった。動ける若手を集めるという名目で分室が誕生したのだが、実は窓際部署だった。

分室室長の能塚隆広《のうづかたかひろ》は二年後に停年を控えている。古いタイプの捜査官だ。五十八歳の室長はDNA型鑑定に頼りがちな傾向を嘆《なげ》き、何よりも刑事の勘を大事にしていた。過去に誤認逮捕で閑職に追いやられた苦い体験があるにもかかわらず、経験則《けいけんそく》に囚《とら》われていた。

能塚は頑固な性格で、他人の意見にはほとんど耳を傾けない。つき合いにくい上司だが、人情味はある。それが救いだ。職階は警部だった。

主任の勝又敏《かつまたさとし》は悪い意味での公務員タイプで、職務に励む姿勢を見せたことがない。実際、無責任な上司だ。階級は尾津と同じ警部補だった。四十二歳だが、若く見える。

勝又はちょくちょく昇進試験を受けているが、一度も合格していない。警部になれないのは、人格に問題があるからなのではないか。尾津は、そんな気がしている。

勝又はオタクで、現在は〝ももいろクローバーZ〟の熱狂的なサポーターだ。しばしば仮病《けびょう》を使って、アイドルユニットのコンサートに出かけている。

独身だ。恋愛には興味がないらしい。といっても、ゲイではないようだ。変わり者であることは間違いなかった。

白戸《しらと》恭太《きょうた》巡査部長は、元暴力団係だ。分室ができる前まで、本庁組織犯罪対策部第五課で麻薬の取り締まりをしていた。もっぱら潜入捜査をこなし、数々の手柄を立てた。

白戸は大柄で、やくざっぽい風体《ふうてい》だ。粗野そのもので、上司に敬語を遣《つか》うことは少ない。尾津も無頼派だが、白戸の開き直った生き方は組員たちも顔負けだろう。

彼は暴力団の息のかかっている飲食店、風俗店、秘密カジノで只《ただ》で遊び、時には〝お車代〟さえ受け取っているようだ。もちろん当人はそれを認めていないが、充分に疑わしい。

白戸は三十五歳だが、三つ年上の尾津のことを単なる同輩と思っているようだ。時たま丁寧語で喋ったりするが、普段は友人のような接し方をしている。

白戸は殺人捜査には素人《しろうと》だが、いっぱしのことを口にする。生意気な相棒だが、どこか憎めない。社会的弱者や高齢者に心優しいからか。

「もう結婚されてるんでしょ？」

瑠加がカクテルを半分ほど飲み、唐突に訊《き》いた。

「一年半ほど前に離婚したんだ」

「そうなんですか。お子さんは？」

「いない。こうして知り合ったのも何かの縁だろうから、愉《たの》しく飲まないか」

「ええ、そうしましょう」

「どんどん飲《や》ってくれよ。カクテルを十杯以上奢《おご》っても、自己破産はしないだろうからさ」

尾津は冗談を言って、バーボン・ロックをお代わりした。

瑠加もピッチを上げ、二杯目はノックアウトを頼んだ。ドライジンをベースにしたカクテルである。

尾津は離婚後、柔肌が恋しくなると、後腐《あとくさ》れのない女たちとベッドを共にしてきた。行きずりの相手とワンナイトラブを娯《たの》しんでもいる。

瑠加は小娘ではない。成り行き次第では、一夜を共にする気になるのではないか。

グラスを重ねているうちに、二人はすっかり打ち解《と》けていた。ほんのりと頬《ほお》を赤く染めた瑠加の瞳は妖《あや》しい光を放ちはじめていた。時々、しなだれかかってくる。

尾津は、さりげなく左手首のオメガに目をやった。

まだ十時数分前だ。二軒目の酒場で口説《くど》けそうな予感を覚えた。

「なんだか酔ったみたい。わたし、ちゃんと呂律《ろれつ》が回ってます？」

「舌は縺《もつ》れてないよ。目許《めもと》がピンクがかって、とっても色っぽい。ぞくりとするほどだよ」

「そんなにまじまじと見ないで。恥ずかしいわ。わたし、ちょっと飲みすぎたみたい。体が火照《ほて》ってるの。着てる物を全部脱いでしまいたいぐらいだけど、そうするわけにはいかないでしょ？　うふふ」

瑠加が艶然《えんぜん》と笑った。

「店を出て、少し夜風に当たる？　それとも、どこかで酔い醒《ざ》ましのコーヒーでも飲むかい？」

「わたし、この近くの麻布十番に住んでるんです。厚かましいお願いなんだけど、タクシーでマンションまで送っていただけます？」

「ああ、いいよ」

尾津はスツールから腰を浮かせ、瑠加の片腕を軽く摑《つか》んだ。瑠加がスツールから滑り降りる。ふらつき気味だった。

尾津は瑠加を支えながら、出入口に向かった。手早く勘定を払い、大人向けのバーを出る。二人は秋風に吹かれながら、百数十メートル先の外苑東《がいえんひがし》通りまで歩いた。

少し待つと、空車ランプを灯《とも》したタクシーが通りかかった。二人は、そのタクシーで麻布十番に向かった。

目的地までは、ひとっ走りだった。

瑠加の自宅マンションは、総本家更科堀井《さらしなほりい》の斜め裏にあった。九階建てで、外観は南欧風だった。

賃貸マンションだろう。表玄関はオートロック・システムにはなっていなかった。管理人室も見当たらない。

タクシーを降りた瑠加の足取りは、思いのほかしっかりとしている。どうやら彼女は酔った振りをして、行きずりの自分を誘ったのだろう。

タクシーが走り去った。

「ねえ、朝まで一緒にいて。つき合ってる彼と別れるきっかけが欲しいの。二股をかけられてるのは、屈辱的でしょ？」

瑠加が言った。

「そうなのかどうなのか、まだわからないじゃないか。それを確かめたほうがいいな」

「わたしの勘は当たってると思うわ。あなたは何も考えないで、わたしを抱いてちょうだい」

「いいのかな」

尾津は迷っている振りをした。もう二十代ではない。がつがつした振る舞いには、少しばかり抵抗があった。男の見栄だ。

瑠加が縋《すが》るような目で尾津を見上げ、右手を握った。掌《てのひら》は幾分、湿っている。

「ベッドはセミダブルだけど、重なって寝れば泊まれるわ。ね、お願い！」

「女のきみにそこまで言わせちゃいけないな」

尾津は、瑠加のほっそりとした肩に腕を回した。

瑠加が身を寄り添わせた。布地を通して肌の温《ぬく》もりが伝わってくる。気持ちが和《なご》んだ。

二人は石畳のアプローチをたどって、マンションの広いエントランスロビーに足を踏み入れた。瑠加は七〇一号室で暮らしているという。

尾津たちは七階に上がった。

瑠加は尾津を自分の部屋に招き入れると、全身で抱きついてきた。すぐに爪先《つまさき》立ち、尾津の唇を貪《むさぼ》った。

尾津は応《こた》えた。瑠加の官能的な唇を吸いつける。二人はどちらからともなく舌を絡《から》め合った。

瑠加はディープ・キスを交わしながら、豊満な乳房を尾津の鳩尾《みぞおち》に強く押しつけてきた。ラバーボールのように弾《はず》む乳房が、男の欲情をそそる。

瑠加はそうしながら、大胆にも尾津の股間をまさぐりだした。馴《な》れた手つきだった。

尾津は性器を摩《さす》られ、スラックスの上から握られた。たちまち下腹部が熱を孕《はら》む。一カ月近く女体に接していなかった。

「先にシャワーを浴びてて。すぐに後から行くわ」

瑠加は顔を離すと、甘やかな声で囁《ささや》いた。なんとも妖艶《ようえん》だった。尾津は黙って顎《あご》を引いた。

瑠加が奥の居室《きょしつ》に向かう。

間取りは１ＬＤＫのようだ。居間の右側は寝室らしい。

尾津は靴を脱いだ。玄関ホールに上がる。浴室、洗面所、トイレは玄関ホールの左手にあった。

尾津は脱衣室を兼ねた洗面所で素っ裸になり、浴室に入った。最初に少し熱めのシャワーで全身を濡らし、ボディー・ソープの泡を塗り拡《ひろ》げた。

泡塗《まみ》れになったとき、浴室のドアが開けられた。

瑠加の裸身が目を射《い》る。肌は抜けるように白い。神々《こうごう》しいほどだ。熟《う》れた肉体は、蜜蜂のような体型だった。ウエストのくびれが深く、腰は豊かに張っている。

たわわに実った乳房は重たげだ。逆三角形に繁《しげ》った飾り毛は、濃くも薄くもない。ほどよい量だった。

「こういう瞬間は照れ臭いものね」

瑠加が洗い場に降り、後ろ手にドアを閉めた。

「ナイスバディだな」

「ありがとう」

「ボディー洗いは女性の役目なんだろうが、逆バージョンがあってもいいよな」

尾津は瑠加を抱き寄せ、体を揺らめかせはじめた。泡だらけになった瑠加も、海草のように裸身をそよがせる。

ぬめった肌が擦《こす》れ合う感触は悪くない。瑠加の乳首は、じきに痼《しこ》った。それは、小さな酸漿《ほおずき》を連想させた。

尾津は背をこごめ、瑠加の唇をついばみはじめた。

その直後、瑠加が猛《たけ》りかけた男根《だんこん》に手を伸ばした。根元を断続的に握り込まれる。尾津は雄々《おお》しく膨《ふく》れ上がった。体の底が引き攣《つ》れるような勢いだった。

瑠加が亀頭を弄《もてあそ》びはじめた。

掌《てのひら》で包み込んで撫《な》で回すだけではなかった。先端に軽く爪を立て、張り出した部分の縁《ふち》を指の腹で削《そ》ぐように擦った。

尾津は一段と反《そ》り返った。煽《あお》られる形で、瑠加の秘めやかな場所を探《さぐ》りはじめた。

濡れた和毛《にこげ》は、絹糸のような手触りだった。白い泡に隠れたフリル状の肉片は、わずかに綻《ほころ》んでいる。合わせ目は明らかに肥厚《ひこう》していた。

敏感な芽は包皮から零《こぼ》れ、誇らしげに尖《とが》っていた。真珠のような塊《かたまり》は、ころころとよく動く。生ゴムのような感触だ。

「感じちゃうわ」

瑠加が顔を離し、息を詰まらせた。圧《お》し転がしはじめた。瑠加が切れ切れに呻《うめ》く。

尾津は陰核《クリトリス》に中指の腹を当て、圧《お》し転がしはじめた。瑠加が切れ切れに呻《うめ》く。

「一気に沸点《ふってん》まで押し上げてもいいが、どうする？」

「もったいないわ。指ではなく、やっぱり本体でエクスタシーを味わいたいな」

「本体って、何のことかな？」

「意地悪！　言えないわ」

「はっきり答えてほしいな」

尾津は言葉で瑠加を甘く嬲《なぶ》ると、複雑に折り重なった襞《ひだ》の奥に指を浅く埋めた。一本だった。

指先は、すぐに蜜液に塗れた。内奥《ないおう》は、しとどに潤《うる》んでいる。ぬめっていたが、緩《ゆる》くはなかった。尾津は中指を深く潜《もぐ》らせ、親指の腹で感じやすい突起を愛撫した。瑠加の腰の位置が徐々に下がりはじめた。

そのすぐあと、浴室のドアが荒々しく引き手繰《たぐ》られた。

三十歳前後の男が妙な笑みを浮かべて突っ立っていた。その右手には、両刃のダガーナイフが握られている。刃渡りは十五、六センチだった。

「はい、ここまでよ」

瑠加が尾津から離れた。別人のように表情が険《けわ》しい。罠《わな》に嵌《は》められたのだろう。

瑠加がシャワーヘッドをフックから外《はず》し、湯の矢を尾津と自分に当てはじめた。ダガーナイフを持った遊び人風の男が冷笑した。

「美人局《つつもたせ》だなっ」

尾津は男を睨《にら》んだ。

「おれの情婦《おんな》をコマそうとしたんだから、詫《わ》び料として三百万円払ってもらうぜ」

「どこの組に足《ゲソ》つけてるんだ？」

「ヤー公になるほど、おれはとろくないよ」

「半グレか」

「好きなように考えてくれ。それより、早く浴室から出ろ！」

相手が息巻き、数歩退《さ》がった。刃物を構えたままだった。

尾津は脱衣室に移り、近くにあったバスタオルを腰に巻きつけた。瑠加も浴室を出て、純白のバスローブを羽織《はお》る。

「こっちに来なっ」

男が目に凄《すご》みを溜《た》め、顎をしゃくった。

尾津は逆《さか》らわなかった。相手に従って、リビングルームまで歩《ほ》を進めた。瑠加が後ろから従《つ》いてくる。

「サラリーマンか？」

男が立ち止まって、体を反転させた。

「おれは刑事だよ」

「余裕ぶっこいてるつもりかよ！　詫び料を払わなかったら、おまえの人生は暗転するぜ。三百万用意しなかったら、てめえの勤め先と自宅に押しかける」

「できるなら、やってみな」

尾津は前に踏み出し、すぐさまバックステップを踏んだ。

フェイントだった。案の定《あんじょう》、男がダガーナイフを斜め上段から振り下ろした。切っ先は、尾津から三十数センチも離れていた。

相手の体勢が崩れた。

反撃のチャンスだ。尾津は横に跳《と》んで、男の後ろ首に手刀打《しゅとう》ちを見舞った。男は傷ついた闘牛のように前のめりに倒れた。ダガーナイフが床を滑走する。

尾津は、最初に倒れ込んだ相手の顎の関節を外した。

男が喉《のど》の奥で唸《うな》りながら、のたうち回った。転がるたびに、口の端から涎《よだれ》が垂れた。尾津は冷ややかに笑い、相手の両腕の関節も外した。

男が体を左右に振って、目顔《めがお》で許しを乞《こ》うた。涙ぐんでいたが、尾津は黙殺した。

「あなた、何者なの⁉　刑事がこんな手荒なことをするわけないわ」

瑠加の声は震えを帯びていた。

「刑事だよ、本当に」

「彼とわたしを捕まえる気なの？」

「雑魚《ざこ》を検挙《アゲ》ても、点数は稼げない。そう言ったからって、安心するなよ。おれを罠に嵌めたんだから、それなりの罰《ばつ》は与える」

尾津は告げた。

「わたしをバックハンドで殴る気なんじゃない？」

「おれは女には手を上げない。こっちに来て、ペニスをくわえるんだ」

「正気なの⁉　すぐそばに彼氏がいるのよ。そんなことできるわけないでしょ！」

瑠加が喚《わめ》いて、壁際まで後退した。尾津は瑠加に走り寄り、力ずくで足許にひざまずかせた。

「なんなら、被害届を出してもいいんだぞ。そうしたら、おまえら二人がつるんで美人局をやったこともバレてしまうがな」

「悪党！　わかったわよ」

「裏取引が成立したな」

「バスタオルを取ってちょうだい」

瑠加が膝《ひざ》を使って、尾津に接近する。尾津はほくそ笑《え》んで、バスタオルを剝《は》ぎ取った。

瑠加がペニスを呑《の》み込み、舌の先で亀頭を舐《な》め回しはじめた。舌技は巧《たく》みだった。少しも無駄《ロス》がない。的確に性感帯を刺激され、尾津は力を漲《みなぎ》らせた。

いつの間にか、瑠加はディープ・スロートを開始していた。

尾津は両手で瑠加の頭を押さえ、自《みずか》ら腰を躍《おど》らせはじめた。いわゆるイラマチオだ。瑠加が何度か喉を詰まらせ、むせそうになった。

尾津は頃合を計《はか》って、瑠加を床に這《は》わせた。バスローブの裾《すそ》を大きくはぐると、瑠加が這って逃げようとした。

尾津は瑠加を引き戻し、背後から体を繋《つな》いだ。刺し貫《つらぬ》くような挿入だった。

瑠加は少しの間、全身で抗《あらが》った。だが、ほどなく体から力が抜けた。ほとんど同時に、瑠加は迎え腰を使いはじめた。快感を覚えたにちがいない。

「これは合意のセックスだな」

尾津はにやついて、律動《りつどう》を速《はや》めた。

2

無人だった。

警視庁本部庁舎の一階のエレベーターホールである。尾津は、低層用エレベーターを待っていた。

瑠加をワイルドに抱いた翌朝である。あと数分で十一時になる。普段より登庁時刻は遅い。数日前に八年前に発生した強盗殺人事件の真犯人を分室で割り出し、現在は担当事案《じあん》はなかった。

尾津は中目黒《なかめぐろ》の賃貸マンションで暮らしている。間取りは1LDKだ。今朝《けさ》は九時過ぎに目覚め、朝食の用意をした。

といっても、コーヒーを淹《い》れ、トーストを食べただけだ。気が向いたときは、ハムエッグや野菜サラダも作る。きょうは、その気にならなかった。

函《ケージ》の扉が左右に割れた。

尾津はケージに乗り込んだ。庁舎には、計十九基のエレベーターがある。そのうち四基は、人荷兼用と非常用だ。各二基ずつだった。残りは高層用六基、中層用六基、低層用三基である。

本庁には約一万人の警察官と職員がいるが、誰もが顔見知りというわけではない。利用する階によってエレベーターが異《こと》なるため、顔を合わせたこともない者がいるわけだ。

エレベーターが上昇しはじめた。

脈絡《みやくらく》もなく尾津の脳裏に前夜の淫猥《いんわい》なシーンがにじんだ。瑠加は美人局の共犯者が苦しんでいるにもかかわらず、腰をうねらせつづけた。

自分の指でクリトリスを刺激しながら、たてつづけに三度も愉悦《ゆえつ》の海に溺《おぼ》れた。そのたびに裸身を硬直させ、悦《よろこ》びの声を響かせた。ジャズのスキャットに似た声だった。

共犯者の男は唸りながら、目を剝《む》いていた。瑠加と男は早晩《そうばん》、別れることになるだろう。自業自得だ。昨夜のことで二人が警察に駆け込む心配はないだろう。

エレベーターが停止した。

五階だ。このフロアには、刑事部捜査第三課、第一機動捜査隊、健康管理本部、共済診療所などがある。捜査一課の大部屋は六階にあるが、尾津が所属している強行犯捜査第二係迷宮捜査班分室は共済診療所の奥にあった。

プレートは掲《かか》げられていない。尾津はケージを出て、自分たちのアジトに向かった。じきに分室に達した。

「おはようっす！」

尾津は誰にともなく声をかけ、アジトに入った。

三十畳ほどの広さで、窓側に四卓の金属製のデスクが並んでいる。その右側に五人掛けのソファセットが置かれ、壁際にはロッカーとキャビネットが連《つら》なっていた。殺風景な刑事部屋だ。

室長の能塚が自席で朝刊に目を通しているだけで、勝又主任と白戸の姿は見当たらない。

「いつものことですが、室長は登庁時刻が早いですね」

「おまえらが遅すぎるんだよ。いくら担当事案がないからって、部下がおれより遅く登庁するとは嘆かわしいな」

「ほんとですね。少し反省しないとな」

「反省するだけなら、猿だってできらあ」

「おっしゃる通り！」

尾津は軽く受け流して、黒いビニールレザー張りのソファに腰を沈めた。

「おい、妙にすっきりとした顔してるな。ナンパした女をうまくホテルに連れ込んだんじゃないのか？」

能塚が新聞を折り畳んで机上に置いた。

「想像にお任せします」

「うまく逃げやがったな。おまえ、再婚する気はないのか？」

「もう結婚はいいですよ。おれ、特に子供が欲しいと思ったことありませんから」

「おまえはあまり子供が好きじゃないようだが、家族の存在は大きな支えになるぞ。女房はともかく、息子や娘はいとおしいよ。尾津、年老《お》いて独《ひと》りじゃ淋しいだろうし、心細くなるだろうが？　うちの女房が通ってるカルチャーセンターのガラス工芸の講師は三十六らしいんだが、才色兼備なんだってさ。その彼女と一度、見合いしてみないか？」

「せっかくですが、遠慮しておきます」

「人それぞれだがな、勝又みたいに四十過ぎてアイドルグループに入れ揚げてるのはなんか哀《かな》しいじゃないか」

「他人《ひと》に迷惑さえかけなきゃ、好きなように生きるべきでしょ？　たった一度の人生なんだから、生きたいように生きりゃいいんですよ」

「ま、そうだがな。おまえの相棒の白戸だって、もう三十五なんだ。夜な夜な遊びほうけてる年齢《とし》じゃないだろ？」

「白戸が身を固めたら、嫁さんがかわいそうでしょ？　あいつの放蕩《ほうとう》は一生つづくでしょうからね」

「それもそうだな。おれの部下は、どうして平凡な生き方を望まないのかね。三人とも、変わり者だよ」

「室長が変わってるから、二係の大久保《おおくぼ》係長は変わり者を分室に集めたんでしょう」

尾津は雑《ま》ぜ返した。

「おい、おれのどこが変わってるんだ？」

「いまどき科学捜査を否定する刑事はいないと思うな」

「ちょっと待て。おれは科学捜査を全面的に否定してるわけじゃない。指紋鑑定器の威力は認めてるし、ルミノール反応のチェックも大事だと思ってるよ。けどな、ＤＮＡ型が犯罪捜査の決め手になると信じ込んでる連中が多すぎる。入力ミスで間違ったＤＮＡ型鑑定をしたケースは一例や二例じゃない」

「ええ、そうですね」

「科学を過信するから、誤認逮捕をしたりするんだよ。冤罪《えんざい》はまずい。なくすべきだ」

「おれも、そう思ってます。科学捜査がベストとは言いませんが、捜査員の直感を重視するのもよくないでしょ？　経験則に引きずられて、さまざまな先入観を持ってしまいがちですから。特に前科歴のある被疑者には最初っから疑いの目を向けがちです」

「尾津はそう言うが、あながち先入観に囚《とら》われてるんじゃないんだ。現に検挙歴のある人間の累犯率《るいはんりつ》は高いという統計が出てるじゃないか」

「そうですが、前科《マエ》があっても更生した者もいるんです」

「ああ、そうだな。長く捜査畑を歩いてきたベテラン刑事たちは数多くの犯罪者と接してきた。だから、容疑者の目の動きや表情で嘘をついてるかどうか見抜けるんだ」

「老練な刑事は被疑者の心の動きを読み取れるでしょう。しかし、百発百中ってわけにはいかない。だから、最終的には物証の有無《うむ》が決め手になってる。それを決定づけてるのが、いわゆる科学捜査でしょ？」

「その通りなんだが、理事官、管理官、若手の捜査員たちは科学捜査を重要視しすぎてるよ。もっと現場の人間の直感や推測を大切にすべきだな」

能塚が言って、音をたてて緑茶を啜《すす》った。

短い沈黙が落ちた。そんなとき、勝又主任が飄々《ひょうひょう》と刑事部屋に入ってきた。いつものようにスーツ姿で、黒いリュックサックを背負っている。

中身の大半は、お気に入りのアイドルグループのCDやポスターだ。勝又はCDを大量に買い込み、不特定多数に気前よく配ってファン層を拡《ひろ》げているようだ。

「昨夜《ゆうべ》のコンサート、最高だったよ」

勝又が尾津に言って、リュックサックを自分のロッカーに収めた。能塚は呆《あき》れ顔で朝刊を押し開いた。

「勝又さんは気持ちが若いんだな。外見も若々しいですが」

尾津は言った。

「ぼくは童顔だからね。大学生に見られることもあるんだよ」

「そうですか。〝ももいろクローバーZ〟のメンバーの中では誰が気に入ってるんです？」

「メンバー全員が自分の娘か姪《めい》っ子に思えるんだよ。だから、みんな、かわいいね。支えてやりたくなるんだ」

「で、CDを何百枚も買ったり、関連グッズも購入してるわけか」

「そう。ぼくは何かに燃えてる若い子たちと青春を共有してる気持ちなんだよ。四十男がこんなことを言うと、笑われそうだね。ぼくは大学生のころ、国家公務員試験I種合格をめざして猛勉強してたんだ」

「その話は聞きました、以前に」

「そうだったね。そんな日々を送ってたから、青春を謳歌《おうか》した記憶がないんだよ。結局、有資格者《キャリア》にはなれなくて、一般警察官《ノンキャリア》になったわけだけどさ。そんなことで、二十年遅れの青春を愉《たの》しんでるんだ」

「そうだったのか」

「勝又、青春ごっこもいいが、もう少し職務に熱を入れろよ」

能塚室長が朝刊で顔を隠しながら、大声で厭味《いやみ》を言った。

「ルーチンワークはきっちりこなしてますよ」

「おまえは主任のくせに仮病を使って、アイドルユニットのライブ会場に駆けつけてる」

「そういうことが確かに一、二度ありました。しょっちゅうじゃありませんよ」

「過去のことはどうでもいいが、たまには積極的に再聞き込みに回れよ。おまえは尾津と白戸の二人に現場捜査を丸投げして、めったに自分は地取りも鑑取りもしない」

「時々、聞き込みはやってますよ。有力な手がかりを得たことはありませんけどね」

勝又が反論した。すると、能塚が読みかけの新聞をくちゃくちゃに丸めた。

「はっきり言うぞ。勝又、おまえの働きは足りない！　主任だという自覚があるのかっ。公務員は喰いっぱぐれがないと、だらだらとノルマをこなしてるメンバーは必要ないんだよ。大久保係長に泣きついて、本家の二係に戻してもらえ。分室は、フットワークの軽いメンバーだけでいいんだ」

「室長は冷たいですよ。ぼくは、あなたの部下なんです。与えられた仕事はきちんと片づけてるんですから、そこまで言うことはないでしょ!」

勝又が気色《けしき》ばんだ。普段へらへらしている主任が感情を露《あらわ》にすることは珍しい。怠《なま》け者と謗《そし》られ、不愉快になったのだろう。

能塚が椅子から立ち上がった。険悪《けんあく》なムードだ。

尾津はソファから腰を浮かせ、仲裁に入った。先に折れたのは勝又主任だった。

「つい感情的になってしまいました。室長、すみませんでした。指摘されたように、ぼくは仕事に対する熱意が尾津君や白戸君よりも足りないかもしれません。これからは、積極的に職務に取り組みます」

「そうしてくれ。勝又を無能だと思ってるわけじゃないんだ。おまえは、やる気が足りないだけなんだよ。能力はあるんだから、それを発揮してくれ」

「はい」

「おれも少し大人げなかったよ。お互いに水に流そうや」

能塚が勝又に言って、自分の椅子に坐った。丸めた朝刊の皺《しわ》を伸ばしはじめる。勝又がきまり悪げに笑って、自席についた。

尾津はソファに坐り、紫煙をくゆらせはじめた。煙草を喫《す》い終えたとき、白戸がのっしのっしと分室に入ってきた。

巨漢刑事は黒ずくめだった。クルーカットのせいか、組員のように映る。

「昔のギャング映画に出てくるような身形《ナリ》だな」

尾津は相棒を茶化した。

「黒は体が引き締まって見えるからね。別にぶくぶくと太ってるわけじゃないんだが、おれ、筋肉が発達してるでしょ？」

「脳はあまり発達してないがな」

「尾津さん、言うな。あっ、そうか。おれがホステスや風俗嬢にモテモテなんで、ジェラシーを感じてるんだ。図星だよね？」

「白戸、勘違いするな。別におまえはホステスや風俗嬢にモテてるんじゃない。どの娘《こ》も何らかの弱みがあるんで、そっちの機嫌を取ってるだけだよ。おまえは、元暴力団係《マルボウ》だからさ」

「そうなのかな。どの女も、おれに首ったけって感じだけどね」

「白戸、おまえは長生きするよ」

「そうかもね。おふくろの父親はもう九十六なんだが、いまもポルノ雑誌を読んでる」

「スケベな血が白戸に隔世《かくせい》遺伝したんだな。ホステスや風俗嬢と毎晩、ベッド体操に励んでるんだから」

「毎晩じゃないって。均《なら》すと、一日置きだね」

白戸が真顔《まがお》で答え、コーヒーテーブルの向こう側の長椅子にどっかと坐った。

そのすぐあと、第二係の大久保豊《ゆたか》係長が分室を訪れた。四十九歳の大久保は色黒で、細身だった。眼光が鋭く、鷲《わし》のような面相だった。四つの黒いファイルを小脇に抱えている。

「大久保ちゃん、再捜査の指令かい？」

能塚が上司に訊《き》いた。大久保係長の役職のほうが高いが、九つ年下だ。同じ警部とあって、室長は上役をちゃん付けで呼んでいる。

「そうなんですよ。五年前の秋、一ヵ月半の間に都内の三ヵ所で三十代の女性ばかりが猟奇的な殺され方をしたでしょ？」

「はっきり憶《おぼ》えてるよ。被害者はニュースキャスター、経営コンサルタント、整形外科医だったよな？」

「そうです、そうです。三人とも革紐《かわひも》で絞殺されてたんですが、全裸にされて乳房、恥丘、ヒップをカッターナイフで傷つけられてました。典型的な連続猟奇殺人事件と思われたんですが、被害者たちは性的な暴行は受けていませんでした」

「ああ、そうだったね。どの被害者の口中、膣《ちつ》、肛門にも、まったく精液は遺《のこ》されていなかった。スキンのゼリー液も付着してなかったんだよな？」

「ええ、そうです。どの被害者も強姦はされてなかったんですよ。ただ、三人の女性の額《ひたい》には黒のサインペンで〝牝犬《ビッチ》〟と書かれてました」

「そう、そう。牝犬《めすいぬ》と落書きされたぐらいだから、被害者の三人は多くの男たちを利用して社会的に成功したんだろ？　な、大久保ちゃん？」

「惨殺された三人が力のある男たちを踏み台にして、うまくのし上がったことは三つの所轄署に設けられた捜査本部《チョウバ》の調べで裏付《ウラ》けは取れたんです。各捜査本部は犯行動機は怨恨《えんこん》だと判断し、被害者たちの男性関係を徹底的に洗いました」

「ところが、疑わしい人物は捜査線上には浮かばなかった。いたずらに時間が流れたんだが、四カ月ほど経《た》ったころに犯人だという男が出頭したんだったよな？」

「そうなんです。犯人と称した男は深谷智史《ふかやともふみ》という男で、当時は三十一歳でした」

「大久保係長、そいつは精神鑑定で心神喪失者《しんしんそうしつしゃ》と断定されて、確か刑罰は免《まぬか》れたんですよね？」

尾津は口を挟んだ。

「そうなんだよ。その後も各捜査本部は一年間ほど犯人を追いつづけたが、結局、落着には至らなかった。三つの捜査本部が解散になり、捜査は本庁《う》の二係《ち》が引き継ぐことになったんだ」

「本家のベテランたちが丸四年、継続捜査に当たったたが、未《いま》だに真相に迫《せま》れてないんですね？」

「そうなんだ。迷宮化しつつある難事件を幾つも継続することになったんで、公式セクションでは五年前の連続猟奇殺人事件まで手が回らなくなってしまったんだよ」

「で、分室のわれわれに出動要請をせざるを得なくなったんだね？」

能塚が尾津よりも先に口を開いた。

「そうなんです。二係の部下たちには分室のメンバーを動かすことは言ってませんが、いつも通りに捜査一課長と刑事部長の許可は取ってあります」

「そう」

「能塚さん、また助けてくれませんか」

「大久保ちゃんに頭を下げられたんじゃ、ノーとは言えないな。そっちは、このおれの上役なんだからさ」

「室長、わたしをいじめないでくださいよ。大先輩よりも上のポストに就《つ》いてしまって、申し訳ないと思ってるんですから」

「大久保ちゃんが申し訳ながることはないさ。人事はおれたちが決めることじゃない。年下の者が上に立つことはよくある。二十代のキャリアが小さな署の署長になって、数百人の年上の部下たちを支配してるじゃないか」

「そうなんですが、能塚さんとわたしは同じ警部です。九つも年下のわたしが能塚さんの上に立つのは……」

「やりにくい？」

「というよりも、気を遣《つか》います」

「おれは小さなことに拘《こだわ》るような人間じゃない。おれたちは分室のメンバーなんだから、大久保ちゃんの命令や指示には従うよ」

「ありがとうございます。能塚さんにそう言ってもらえると、心強い限りです」

「そんなことより、メンバーに捜査資料を配ってくれないか」

「わかりました」

大久保係長が勝又、尾津、白戸の三人にファイルを配り、能塚室長の机に歩み寄った。

能塚が自分用のファイルを受け取ると、部下たちに大声で命じた。

「これまでの捜査資料を読み込んでくれ」

「了解！」

尾津はファイルを開いた。

3

鑑識写真の束《たば》を手に取る。

二十数葉《よう》あった。尾津は写真を捲《めく》りはじめた。

惨《むご》たらしかった。被害者は苦痛に美しい顔を歪《ゆが》め、舌の先を覗《のぞ》かせている。首の索条《さくじょう》痕《こん》は鮮やかだ。凶器の革紐は巻きついていない。

殺された女性たちは、血だらけだった。カッターナイフで傷つけられた乳房、恥丘、尻からは血の条《すじ》が垂れ、白い肌を汚している。

「みんな、よろしくね」

大久保係長が尾津たち三人に言い、分室から出ていった。いつの間にか、勝又と白戸は自分の机に向かっていた。

能塚室長も、自席で捜査資料に目を通している。尾津は鑑識写真を黒いファイルの間に挟んだ。ソファから立ち上がり、自分の席に移る。

尾津は煙草に火を点けてから、捜査資料のフロントページの文字を読みはじめた。高輪《たかなわ》署に設置された捜査本部の事件調書の写しだけではなく、本庁捜査一課強行犯第二係の継続捜査班の経過報告も添えてあった。

連続猟奇殺人事件の最初の犠牲者は、美人キャスターとして人気を集めていた高瀬《たかせ》彩香《あやか》だった。被害者の全裸死体が発見されたのは、五年前の九月二十一日の早朝である。

事件現場は、高輪署管内にある神社の境内《けいだい》だった。遺体は神殿《しんでん》の真裏で見つかった。第一発見者は、近所に住む七十八歳の男性だった。事件通報者はほぼ毎朝、個人的に境内の掃除をしていたらしい。

検視の結果、人気キャスターは現場で殺害されたことが判明した。絞殺時に尿失禁した痕跡が認められたからだ。

強姦されていなかったことも明らかになった。被害者の衣服や所持品は遺留されていなかった。加害者が凶器と一緒に持ち去ったと思われる。

事件当時、彩香は事件現場から二百メートルほど離れた高級賃貸マンションに住んでいた。三十四歳で、独身だった。

横浜出身の彩香はミッション系の大学を卒業すると、帝都テレビに入社した。アナウンサーの卵として採用されたのだが、本人は報道部記者に憧《あこが》れていた。入社二年目に朝のワイドショーの報道アナウンサーに選ばれたのだが、それでは満足できなかったようだ。

彩香は単なるアナウンサーで終わりたくなかったようで、妻子持ちの竹脇雄一《たけわきゆういち》編成局長に積極的に接近し、不倫の関係になった。野心家の美人アナウンサーは局長の子を宿したと嘘をつき、シングルマザーになると言い張った。言うまでもなく、駆け引きだ。

焦《あせ》った竹脇局長は重役たちを説得し、彩香をニュースキャスターに起用するよう根回しをした。功を奏し、彩香は二十八歳のときに『ニュースコラム』という新番組のサブキャスターに抜擢《ばってき》された。

それから間もなく、彼女は不倫相手の竹脇局長に一方的に別れを告げた。当面の希望が叶ったことで、急に竹脇の存在が疎《うと》ましくなったのだろう。

数ヵ月後、高瀬彩香は大手広告代理店『博通堂』の城田賢一郎《しろたけんいちろう》専務の愛人になった。彼女は他局の報道番組のメインキャスターになる野心を密《ひそ》かに膨らませていたにちがいない。その目的の布石として、当時六十一歳だった城田の愛人になったと思われる。

捜査本部は、被害者に巧《たく》みに利用された竹脇局長に疑惑の目を向けた。彩香に背を向けられた竹脇はしばらく酒に溺れ、人気キャスターを罵《ののし》っていたという複数の証言を捜査当局は得た。

そんなことで、捜査本部は竹脇雄一をマークしはじめた。被害者の額に落書きされていた〝牝犬《ビッチ》〟という筆跡も、竹脇のそれと似ていた。

だが、竹脇局長にはれっきとしたアリバイがあった。当人が実行犯であることはあり得ない。しかし、竹脇が第三者に高瀬彩香を絞殺させたとも考えられる。

捜査本部は、竹脇を殺人教唆《きょうさ》容疑で改めて捜査対象者と目《もく》した。捜査班の面々は竹脇の動きを洗い直した。

だが、竹脇はネットの裏サイトにアクセスしていないことがわかった。裏社会の人間や外国人マフィアに代理殺人を依頼した様子もうかがえなかった。

捜査本部は、竹脇雄一は事件に関与していないと判断した。そして、今度は『博通堂』の城田専務を怪しみはじめた。

城田は亡父から相続した不動産を切り売りしながら、彩香に贅沢《ぜいたく》をさせていたようだ。若い愛人が有力者たちを手玉に取っている気配を感じ取っていたが、特に城田は彩香を恨《うら》んではいなかったと事件調書には記述されていた。

彩香はテレビではいかにも知性派という印象だったが、ベッドではしどけない痴態を晒《さら》し、パトロンの回春剤になっていたのではないか。城田は彩香を危険で狡猾《こうかつ》な女と思いながらも、魔力の虜《とりこ》になっていたのだろう。

尾津は指先に熱さを感じた。

煙草はフィルターの近くまで灰になっていた。尾津は喫《す》いさしのセブンスターの火を灰皿の底で揉《も》み消し、捜査資料の頁《ページ》を繰《く》った。

第二の事件は、五年前の十月六日に発生した。

四谷署管内のビル建設現場に遺棄《いき》されていたのは、岩佐真紀《いわさまき》だった。享年《きょうねん》三十七だ。被害者は経営コンサルタントとして活躍していた。事件現場は、被害者のオフィスの近くだった。

岩佐真紀は高校を卒業するまで九州の博多《はかた》で育ち、有名国立大学の商学部に現役合格した。学校秀才だったのだろうが、世渡りも下手ではなかったようだ。

真紀はたいした就職活動もしないのに、大手企業六社の内定を得た。なぜか彼女は日本の大企業を蹴って、アメリカ資本の投資顧問会社に就職した。その会社は能力主義で、遣《や》り手の二十代社員は年俸三千万円を稼ぎ出していた。

真紀が大学三年のとき、実家の老舗《しにせ》呉服屋は店を畳んでいる。三代目だった父は警備保障会社で働き、母もスーパーマーケットでレジ係になって生計を支えるようになった。実家の没落で、真紀は金銭欲が膨らんだようだ。

真紀は外資系投資会社の日本支社長のロバート・ウィークマークが単身赴任と知ると、自らベッドパートナーを志願した。月々の愛人手当は二百万円だった。

三十一歳のとき、支社長が交代した。真紀は退社し、経営コンサルティング会社を立ち上げた。しかし、顧客数はなかなか増えなかった。

そんなとき、真紀はある財界人の古稀《こき》のパーティー会場でインテリ経済やくざの保科《ほしな》潤《じゅん》と知り合う。そのころ四十五歳だった保科は、招待客の中で一際《ひときわ》目立った。長身で、ハンサムだった。

真紀は保科に近づいて、その夜のうちに親密な仲になった。保科は名門私大の商学部出身だった。そんなことで、初対面の二人は話が弾んだのだろう。

真紀は保科の紹介で、新興企業十数社の経営顧問になった。四谷署に設けられた捜査本部の調べによると、美しい経営コンサルタントはだいぶ色目を使って企業経営者の懐《ふところ》に飛び込んだようだ。

真紀に手を出した会社社長は少なくなかったようだ。保科は、真紀を抱いた社長をひとりずつ訪ね、黙って淫《みだ》らな録音音声を聴かせた。真紀は保科に指示された通り、予《あらかじ》めベッドの近くにICレコーダーを仕掛けておいたのだ。

弱みを握られた新興企業のオーナーたちは、持ち株を保科と真紀の二人に超安値で譲渡させられた。こうして大株主になった真紀たちは経営権を次々に手に入れた。

保科の素顔は〝会社喰い《マージャー》〟だった。要するに、企業乗っ取り屋だ。真紀は、犯罪の片棒を担《かつ》いだのである。

保科に協力を強《し》いられたとは考えにくい。おそらく真紀は、自らの意思で共謀する気になったのだろう。

保科は、首都圏で最大の勢力を誇る暴力団の元金庫番だった。経営権を奪われた新興企業の創業者たちは刑事告訴を断念した。彼らは、体《てい》よく会社から追い出された。

真紀たち二人は乗っ取った二十数社を一、二年後にはそれぞれのライバル企業に転売し、八十億円以上の利鞘《りざや》を稼いだ。

分け前を巡《めぐ》って、愛人関係にあった男女は対立したのではないか。捜査本部はそう筋を読み、インテリ経済やくざのアリバイを調べた。

半《なか》ば予想していたことだが、保科のアリバイは立証された。悪知恵の働く経済やくざが自分の手を汚すはずはない。

捜査当局は保科が誰かに真紀を始末させたと睨《にら》み、張り込みと尾行を重ねた。しかし、徒労に終わった。

三番目の犠牲者は、整形外科医の小杉奈津美《こすぎなつみ》だった。享年三十六である。遺体が見つかったのは、五年前の十月三十日のことだった。故人が亡父から継いだ小杉整形外科医院のある世田谷区世田谷一丁目の外れの廃屋の庭に全裸死体が転がっていたのだ。事件通報者は、土地所有者の身内だった。

犯行の手口は、二件と変わらなかった。額の落書きの筆跡も同一と思われた。世田谷署に設置された捜査本部は、美人整形外科医の男性関係を洗い出した。

奈津美は東京生まれで、出身医大附属病院の勤務医としてスタートした。そのころは先輩ドクターと結婚を前提に交際していたが、相手の男は二刀流《バイセクシュアル》だった。

奈津美は男性不信に陥った。それを克服したくて、男性遍歴を重ねるようになったのだろう。尻軽女《しりがるおんな》のレッテルを貼られていたという証言もあると調書に記《しる》されていた。

奈津美は大学病院で長く働き、将来は出身医大で教鞭を執る気でいたようだ。ところが、二十八歳のときに父が急死してしまう。

奈津美は母親に頼まれ、実父が開業したクリニックを継いだのである。その後も、被害者の異性関係は派手だった。

捜査本部は奈津美と関わりのあった男たちの事件当日のアリバイを調べた。しかし、怪しい人物はいなかった。ただ、女医の男性関係を完璧に洗い直せたとは言えないと担当捜査官は付記している。

奈津美は戯《たわむ》れの相手のことは周囲のドクターや看護師に面白おかしく語っていたが、本気で惚《ほ》れた男のことは隠す傾向があったらしい。捜査線上には浮かばなかった恋人がいたのだろうか。

三つの捜査本部は、四ヵ月後に意外な展開を迎える。深谷智史が三件の連続殺人事件の犯人だと本庁捜査一課に出頭したのだ。緊急逮捕された深谷は取り調べに素直に応じたが、供述に矛盾があった。

警視庁は著名な精神科医に深谷の鑑定を依頼した。その結果、深谷は心神喪失者と断定された。

心神耗弱《こうじやく》者は大幅に刑罰が軽減され、精神のバランスをすっかり失った心神喪失者は刑に問われない。たとえ十人の人間を殺害しても、犯罪者としては見做《みな》されないわけだ。

当然、深谷は釈放された。捜査員たちは密かに深谷をマークした。巧みに心神喪失者を装《よそお》っている疑いがゼロではなかったからだ。だが、やはり深谷には善悪の区別はつけられないことが明らかになった。

やがて、三つの捜査本部は解散した。

五年前の連続猟奇殺人事件の捜査は本庁捜査一課強行犯第二係に引き継がれたのだが、いま現在も事件は解明されていない。

「厄介《やっかい》な事件《ヤマ》みたいだな」

尾津は声に出して呟《つぶや》き、黒いファイルを閉じた。

犯行の手口から察すると、加害者は性的異常者と思われる。しかし、三人の被害者は誰も身を穢《けが》されていない。性犯罪の常習犯の仕業《しわざ》なら、必ず被害者を犯しているはずだ。

なぜ、三人の女性はレイプされなかったのか。故人たちの額に落書きされた〝牝犬《ビッチ》〟に拘《こだわ》れば、被害者たちと関わりのあった男が疑わしく思えてくる。故人に心を弄《もてあそ》ばれた昔の彼氏が猟奇殺人に見せかけて凶行に走ったのだろうか。

だが、これまでの捜査では高瀬彩香、岩佐真紀、小杉奈津美の三人全員と接点のある男性はひとりもいない。故人のうちの誰かに強い憎しみを感じていたとしても、残りの二人を殺害するとは考えられないだろう。一面識もない二人の女性に手をかける必然性がない。

通り魔による無差別連続殺人だったのか。

尾津は一瞬、そう思った。しかし、その推測をすぐに否定した。

衝動殺人なら、被害者の額に妙な落書きはしないだろう。手早く犯行に及び、犯人はすぐさま逃走するにちがいない。

そう考えると、〝牝犬《ビッチ》〟という落書きは事件を解く鍵になりそうだ。被害者の三人は、それぞれ男の恨みを買うような行動をとってきた。好意を寄せている女性に手痛く裏切られたら、殺意も覚えるだろう。当事者以外の二人を道連れにしなければならない理由が見つからない。だからといって、これまでの捜査対象者の中には三人の故人全員と結びついている者はいない。少なくとも、犯行動機を持つ男は皆無なわけだ。

「今度の事件《ヤマ》は一筋縄じゃいかないだろうな」

能塚が捜査資料から顔を上げ、尾津に語りかけてきた。

「そうですね。捜査情報で三人の被害者の男関係が乱れてたことはわかりますが、故人全員と接点のある異性はいません」

「そうなんだよな。死んだ三人と関係のあった野郎がいりゃ、そいつが犯人《ホシ》なんだろうけどさ」

「ええ、その疑いは濃いですよね」

「ああ。変質犯の手口っぽいんだが、強姦はしてない。それから、被害者《ガイシャ》たちの性器に棒や性具も突っ込んでないよな？」

「ええ。変質者の犯行《ヤマ》じゃないでしょう。真犯人がそう見せかけようとした意図《いと》は透《す》けてる気がします」

「そうだな。同一犯による犯行であることは間違いないだろう。凶器に使われた革紐の幅は三件ともぴったり一致してるし、落書きの筆跡も同じだろうと鑑定されてるからな」

「そうでしたね。室長、加害者は犯行現場に数本の頭髪とサイズ二十七センチの足跡《ソク》を遺《のこ》してるだけで、指紋も掌紋《しょうもん》も……」

「うん、指掌紋は遺してないな。三人の女性を絞殺して、衣類と所持品をすべて持ち去ってる。被害者の物は、どこにも遺棄されてなかった」

「そう考えると、犯人《ホシ》には犯歴がありそうですね。ね、室長?」

勝又が話に割り込んだ。

「そうだろう。とんでもない犯行《ヤマ》を踏みながらも、終始、冷静さを失っていない。強《したた》かな犯罪者が犯人《ホシ》なんだろうな」

「遺留頭髪のDNA型鑑定で、前科者かどうかわかるでしょ?」

「若い奴らは何かっていうと、DNA型鑑定ときやがる。当然、初動捜査でそのへんのチェックはしてるはずだ」

「そうでしょうね。けど、前科者の中に該当者はいなかったってことか」

「そうだろうよ。ヒットしてたら、とっくに一件落着してるわけだからな。勝又、おまえ、アイドルグループのことを考えながら、捜査資料を読んでる振りをしてたんじゃないのか?」

「ちゃんと読み込みました」

「それだったら、わかりきったことを言うんじゃないよ」

「能塚警部は、ぼくのことが嫌いなんですね？」

「何だよ、急に？」

「室長は、ぼくに厳しすぎますよ」

「おまえが仕事に意欲を示してくれりゃ、叱言《こごと》は言わないよ。だけど、勝又はどこか上の空で職務をこなしてる。それじゃ、市民に税金泥棒って言われるぞ」

「ぼく、俸給分は働いてるつもりです。やっぱり、室長はぼくが嫌いなんですね。ええ、そうに決まってます」

「ぼく、ぼくって耳障《ざわ》りだな。四十過ぎのいい大人なんだから、わたしか、おれって一人称を使えよ。芸術家の連中は八十、九十になっても、ぼくって言ってるけどさ。おまえは、アーティストじゃない」

「そうですけど」

「ロリコン趣味は卒業して、いいかげんに大人の男になってくれや」

「ぼ、ぼく、ロリコン男じゃありません。失われた青春を取り戻したいだけです。何かに熱中したいんですっ」

「だったら、仕事に熱くなれ！」

能塚が怒声を張り上げた。勝又主任がうつむく。

「そんなことはどうでもいいからさ、親分、早く聞き込みの割り振りを決めてくれねえかな」

　白戸が室長に顔を向けた。

「おれは組長じゃない。親分なんて呼ばれると、迷惑なんだよ。白戸はどこから見ても、やの字だからな」

「親しみをこめて室長のことを親分と呼んでるんだから、いいでしょうが。ね、能塚さん？」

「職場で親分と呼んでもいいが、外では絶対にその呼称はやめろ。白戸、いいな」

「めくじら立てることじゃないと思うけどね。ま、いいか。で、おれはいつものように尾津さんと組めばいいわけ？」

「ああ、そうしてくれ。尾津・白戸班は、第一犠牲者の高瀬彩香の男関係を洗い直してくれないか。これまでの捜査ではキャッチできなかった新情報が出てくるかもしれないからな」

「了解！」

「尾津、頼むぞ」

「はい。勝又主任は今回も独歩行《どっぽこう》ですね？」

　尾津は室長に確かめた。

「いや、今回はおれが勝又とコンビを組んで聞き込みに回る」

勝又が驚きの声を洩《も》らした。迷惑顔だった。

「おまえが仮病《けびょう》を使ってアイドルグループのコンサートに行ってたら、こっちの監督不行き届きになっちまうからな」

「ぼく、ひとりでちゃんと地取りも鑑取りもやりますよ」

「いや、おまえには監視役が必要だ」

「まいったな」

「おれたち二人は、経営コンサルタントだった岩佐真紀の交友関係を洗い直してみるよ」

能塚が尾津に言った。尾津はうなずき、ファイルを掴み上げた。白戸が心得顔で先に椅子から立ち上がった。

尾津たちコンビは、先に刑事部屋を出た。

4

覆面パトカーのタイヤが軋《きし》み音をたてた。

相棒の白戸が黒いスカイラインを荒っぽい運転で、カースペースに突っ込んだからだ。

港区赤坂にある帝都テレビ本社の地下駐車場である。

「もう少しソフトに車を駐《と》めろよ」

尾津は苦笑して、助手席から出た。白戸が曖昧《あいまい》に笑いながら、運転席を降りる。

正午前だった。尾津たち二人は地下一階から階段を使って、一階ロビーに上がった。

受付に直行する。白戸がＦＢＩ型の警察手帳を呈示《ていじ》し、受付嬢に話しかけた。

「警視庁の者だが、竹脇編成局長にお目にかかりたいんだ」

「竹脇は、もう編成局長ではありません。四年前に『帝都テレビ映像センター』という系列会社に出向《しゅっこう》になりました」

「そうなのか。その子会社は、別の場所にあるのかい？」

「いいえ、このビルの十三階にあります。失礼ですが、竹脇とのアポはお取りでしょうか？」

受付嬢が白戸に訊《き》いた。尾津は相棒を手で制し、先に言葉を発した。

「アポは取ってないんですよ。五年前にキャスターだった高瀬彩香さんが殺害されましたでしょ？」

「そうらしいですね。その当時、わたしは大学生でしたんで、キャスターを生《なま》で見たことはないんですよ。ですけど、その事件のことは憶《おぼ》えています。確かまだ犯人は捕まってないんでしたよね？」

「そうなんだ。われわれは、その事件の継続捜査を担当してるんですよ。竹脇さんに確認したいことが幾つかあるんです。取り次《つ》いでもらえると、ありがたいな」

「わかりました」

受付嬢がにこやかに応じ、内線電話をかけた。遣《や》り取《と》りは短かった。

「竹脇は捜査に協力すると申しています。左手のエレベーターで、十三階にお上がりください。エレベーターホールのすぐ右手に、『帝都テレビ映像センター』があります」

「ご親切にどうも！」

尾津は受付嬢を犒《ねぎら》って、白戸とエレベーター乗り場に向かった。

「五年前の事件で竹脇はキャスターの彩香との仲を局内に知られたんで、子会社に飛ばされたんだろうね。尾津さん、そうなんじゃないの？」

「多分、そうなんだろうな。出向先の規模はわからないが、親会社の局長よりも待遇はよくないんじゃないか」

「降格人事で屈辱的な思いをするなら、尻《けつ》を捲《まく》りゃいいのに」

「竹脇雄一は、もう五十七だ。家族のことを考えたら、転職はためらうだろう」

「会社にしがみつくのはみっともないな」

「いろんな生き方がある。おまえはまだ独身だから、そんなふうに威勢のいいことを言うが、世帯主にはそれなりの責任があるからな。妻子を路頭に迷わせるわけにはいかないじゃないか」

「らしくないな」

「え？」

「尾津さんがさ、常識的なことを言うと、なんかがっかりだね。面と向かって言うのは初めてだけど、おれ、アナーキーなとこのある尾津さんに少し憧れてるんだよ」

「別に、おれはアナーキーじゃない」

「いや、アナーキーだね。奥さんの不倫相手を半殺しにしちゃったって噂《うわさ》、おれの耳に入ってるんだ。刑事でありながら、そこまでやっちまう男は人間臭くて魅力あるよ。多くの警察官《サツカン》は正義の使者気取りで、いい子ぶってる。そのくせ、裏で悪さをしてるよね。そういう偽善者どもはカッコ悪いし、どこか信用できない」

「裏社会の連中を脅して金を捲き揚げてる刑事だって、カッコよくはないぜ」

「そういうデマが流れてるようだけどさ、事実無根なんだ。おれは身銭を切って遊んでるんだよ」

「そんなふうに善人ぶってると、おまえを夜ごと尾行して、悪党刑事《ワルデカ》だって裏付《ウラ》けを取るぞ」

「尾津さん、マジで言ってんの⁉」

「半分冗談だが、白戸、ほどほどにしておけよ。警務部人事一課監察室が内偵する気でいるかもしれないからな」

「うまくやるよ」

白戸は悪びれた様子がなかった。彼の素行には問題があるが、一般市民を泣かせているわけではない。たかられているのは、後ろめたいことをしている連中だ。持ちつ持たれつの関係である。

白戸の悪事は小さい。組織ぐるみで、未だに血税を浮かせて裏金づくりに励んでいる警察の上層部のほうがはるかに悪質だろう。

尾津たちはエレベーターで十三階に上がった。

『帝都テレビ映像センター』は造作なく見つかった。尾津はドアをノックした。

少し待つと、竹脇本人が応対に現われた。コンビは警察手帳を短く見せ、おのおの姓だけを名乗った。

「どうぞ入ってください」

竹脇が尾津たちを応接ソファに坐らせた。

狭い部屋だった。事務机が二卓置かれているだけで、三方はスチール棚が並んでいる。

「視聴率のよかったドラマや特集番組をDVD化して、主に海外在住の日本人に販売してるんですよ。一応、わたしは責任者ということになっていますが、部下はひとりしかいません。女で躓《つまず》くと、惨《みじ》めなもんです。でも、首が繋《つな》がってるだけでもよかったと思わないとね」

竹脇が自嘲し、尾津と向かい合う位置に腰かけた。

「高瀬彩香さんが殺害されて、はや五年が過ぎました。警察は捜査に励んだんですが、残念ながら……」

「彩香、いいえ、高瀬さんの事件だけではなく、ほかの二人の被害者も絞殺した犯人はまだ逮捕されてないんでしょ？」

「ええ。これまでの捜査が甘かったのかもしれません。そういうことで、われわれが改めて被害者と関わりのあった方たちから情報を集めることになったわけです」

尾津は言った。

「わたしと高瀬さんがある時期、親密な仲だったということはご存じなんでしょ？」

「はい。竹脇さんの働きかけで、高瀬さんが『ニュースコラム』のサブキャスターになれたことも知ってます。捜査資料によると、あなたは被害者にまんまと引っかけられたようですね」

「そうなんですよ。彩香は妊娠した子をひとりで育てるから、認知だけしてくれないかと言ったんです。そして、行く行くはフリーのキャスターとして働き、わたしの子供を育ててみせると言い切ったんです」

「奥さんは、あなたと高瀬さんとの関係に気づいてたんですか？」

「いいえ、まったく。ですから、わたしは焦《あせ》りました。赤ん坊の父親と認知することはできないが、養育費として毎月二十万円ずつ払うと彩香に言ったんですよ」

「それで？」

「彼女は産んだ子を認知してくれなくてもいいし、養育費もいらないと言いました。その代わり、自分が局の番組のキャスターになれるよう役員たちに売り込んでくれと頭を下げたんですよ」

「で、あなたは重役たちを説得して、高瀬さんを『ニュースコラム』のサブキャスターにしてあげたんですね？」

「そうです。彼女はメインキャスターになれるかもしれないと期待してたようですが、さすがにそれは無理でした」

「そうでしょうね。メインキャスターは、新聞社系週刊誌の編集長だった三上学《みかみまなぶ》さんが起用されたんだったな」

「ええ、そうです。三上キャスターはあらゆる権力に嚙《か》みつく辛口のコメントで評判を取りましたんで、サブの彩香はどうしても存在が霞《かす》みがちだったんです。そんなことでストレスが溜《た》まって、お腹の子を流産してしまったと打ち明けたんですよ。正直なところ、わたしはほっとしました」

「高瀬さんから一方的に別れ話を切り出されたのは、そのころだったんですか？」

「そうです」

竹脇は大きく溜息をつき、言い重ねた。

「わたしは彼女に未練がありましたんで、二人の関係を終わらせたくありませんでした。でも、彩香はわたしを露骨に避けるようになったんです。そのうち、彼女が『博通堂』の城田専務の愛人になったことを知りました。わたしは自分がうまく利用されたと感じたんで、彩香を問い詰めました」

「被害者は妊娠したという作り話で、あなたを上手に動かしたことを認めたんですね？」

「開き直った顔で、すぐに認めましたよ。そして、いずれフリーでメインキャスターとして活躍したいんで、ナショナルスポンサーやテレビ業界に太いパイプを持つ城田賢一郎に接近したんだとも明かしました」

「高瀬彩香は女の武器を使って、有名人になろうという野心に取り憑《つ》かれてたんだろうな」

白戸が呟くように言った。

「きみが言った通りだよ。彩香は、牝犬みたいな女だったんだ」

「いま竹脇さんは、牝犬と言ったな。被害者の額には、〝牝犬《ビッチ》〟という落書きがあったんですよね」

「白戸さんだったかな。き、きみは、わたしが誰かに彩香を殺《や》らせたと疑ってるのか⁉」

竹脇が声を裏返らせた。

「そこまでは言ってませんよ。竹脇さんが牝犬と言ったんで、例の落書きと同じだと……」

「偶然の一致だよ。男たちを誑《たぶら》かす悪女をよく牝犬と言ったりするじゃないか」

「竹脇さんが実行犯でないことは、これまでの調べで明らかだ。でも、意地の悪い見方をすれば、第三者に高瀬彩香を消させた疑いはゼロじゃないんですよね」

「きみ、失敬だぞ。わたしを踏み台にした彩香に幻滅したことは認めるよ。だからといって、彼女を誰かに葬《ほうむ》らせようなんて考えない。わたしは、それほど愚《おろ》かじゃないよ。殺意を覚えるほど若くもない」

「新しいパトロンの城田賢一郎は、竹脇さんより年上だな。事件当時は六十一だったはずだ。『博通堂』の専務が第三者に代理殺人を依頼したとは考えられないだろうか」

「城田さんとは何度かお目にかかったことがあるが、穏《おだ》やかな紳士だよ。父親から相続した不動産を売却して彩香にだいぶ貢《みつ》いでたみたいだが、社会的成功者が痴情《ちじょう》の縺《もつ》れで彩香を誰かに片づけさせるなんてことは考えられない」

「竹脇さんと同様に、城田賢一郎もシロか」

白戸が口を閉じた。尾津は一拍置いてから、竹脇に問いかけた。

「参考までに確認しておきたいんですが、高瀬彩香さんの後《あと》に殺害された岩佐真紀さんと小杉奈津美さんの二人とは、一面識もないんでしたよね？」

「その二人とは会ったこともありませんっ。そのことは、高輪署と警視庁の刑事さんに何度も言いましたよ。おたくも、わたしが誰かに彩香を始末させたという疑いを持ってるのかな。それで、犯行動機をぼかす目的で経営コンサルタントと女医まで殺《や》らせたと……」

「気分を害されたんでしたら、謝《あやま》ります。なんでも疑ってみるのが、刑事の習性なんですよ」

「別に立腹してるわけじゃないが、愉快じゃないな。わたしは彩香に利用された間抜け男ですが、彼女の死には絡んでませんよ。天地神明に誓えます」

「あなたの言葉を信じましょう。それはそうと、帝都テレビの関係者で高瀬さんと親しくしてた男性局員はいませんでした？」

「彩香は人気番組のチーフプロデューサーたちには甘えて媚《こ》びてたな。わたしは気づかなかったが、そのうちの何人かと一度ぐらいは寝てたのかもしれないな」

「何か根拠があるんですか？」

「いや、根拠があるわけじゃないんだ。でも、彩香なら、そういうことをやりそうなんですよ。周《まわ》りの男たちを利用して、なんとかのし上がりたいという野心を常に持ってたからね」

「キャスターの三上学を色香で虜《とりこ》にしようとした気配はうかがえたんだろうか」

「スタジオを覗くことがなくなったんで、彩香が三上キャスターに擦《す》り寄るとこは見たことはありませんね。ただ、『ニュースコラム』のスタッフのひとりが偶然、西麻布のダイニングバーの個室から二人が出てくるのを見たと言ってたことがあるな」

「キャスターが番組スタッフたちと飲み喰いすることは多いんでしょうが、メインとサブのキャスターの二人だけで個室席に入ってたんだとしたら、親密な間柄なんではないか勘繰りたくなりますよね」

「もしかしたら、彩香はメインキャスターに体を与え、番組で自分のコメント時間をもう少し増やしてほしいと頼んだのかもしれません。三上キャスターがそう提案したら、番組のチーフプロデューサーも無視はできないはずです」

竹脇が少し声を潜《ひそ》めた。

「被害者は、なんでそこまでする必要があったのかな。高瀬さんは『博通堂』の城田専務の愛人になってたわけだから、いつか他局でメインキャスターとして起用されるチャンスはあったでしょうに」

「城田さんは間違いなく有力者ですが、それでも半年後か一年後に彩香を他局の報道番組のメインキャスターにすることはできないと思います。十年前後のキャリアを積んだ美人報道部記者なら、メインを張れるでしょうがね。しかし、彩香はアナウンサーですんで……」

「アナウンサー出身のニュースキャスターが幾人かいますでしょ？」

「ええ、そうですね。しかし、彼女たちは各局看板のアナウンサーだったんです。城田専務が強力にバックアップしたとしても、彩香がメインキャスターになれるのは四、五年先だったでしょうね」

「高瀬さんは、それまでに自分の名前と顔を売っておきたいと思ったんでしょうか。それで、三上キャスターに自分がズームアップされる回数を増やしてほしいと……」

「色仕掛けで迫ったのかもしれないな。彼女の甘い誘惑に克《か》てる男性は少ないと思いますよ。彩香は天才的に甘え上手でしたし、性的にもテクニシャンでしたからね。古い言葉で言えば、床上手《とこ》ってやつです。男の性感帯を識《し》り尽くしてましたし、名器の持ち主でもありました。ストレートな言い方をすると、抜かずにダブルが利《き》く女だったんですよ」

「そういう女は、そう多くないよな」

白戸が先に反応した。

「きみは、ずいぶん遊んできたのかな？」

「同世代の連中よりは、少しばかりね。締まり方が悪くない女は割にいるけど、抜かずにダブルとなると、ぐっと数は少なくなります」

「話を脱線させるな」

尾津は白戸の太腿を掌《てのひら》で軽く叩《たた》いた。白戸が頭に手をやった。

「きみの言った通りだよ。五十年以上も生きてきたんだから、それなりに女性と肌を合わせてる。しかし、抜かずにダブルが利いたのは後にも先にも彩香だけだったね」

「そうですか。竹脇さん、セックス談義は別の機会にしましょう」

尾津は笑顔で話の腰を折った。

「おっと、いけない。そんな彩香と交わったら、容易に離れられなくなる。現にわたしがそうだったし、『博通堂』の城田専務も同じだったと思うね。もし三上キャスターが彩香の誘惑に負けてたら、同じようになったでしょう」

「そうですかね。あのキャスターは気骨がありそうだし、女にだらしがないという感じではないから……」

「わかりませんよ。どんな高潔な生き方をしてても、男は動物的ですからね。理性で性欲を抑《おさ》え込めないときだってあるにちがいない」

「ええ、あるでしょうね」

「刑事さん、こんなふうには考えられないでしょうか？　三上キャスターは彩香の体に溺れた。しかし、彩香の言いなりにはならなかった」

「彼女のコメント時間を増やすことはなかったってことですね？」

「そうです。そのことに焦《じ》れた彩香が、自分とのスキャンダルを週刊誌にリークするぞと脅迫した。そんなことをされたら、三上学のイメージは著《いちじる》しくダウンするでしょう。『ニュースコラム』のメインキャスターも降板させられるかもしれません」

「ええ。それだけではなく、原稿や講演の依頼も激減するでしょう」

「そうですね。お先真っ暗でしょう。三上学は保身のため、犯罪のプロに彩香を片づけさせたのかもしれませんよ」

「ほかの二人の被害者と三上キャスターは何も繋がりがありません。岩佐真紀さんと小杉奈津美さんの死は、どう説明するんです？」

「うーん、そうか。ほかの二人は三上学の講演を何度か聴きに行って、それぞれ顔見知りだったんではないだろうか。それどころか、三上は殺された経営コンサルタントや整形外科医とも男女の関係だったのかもしれません。そうだったとしたら、三上キャスターが誰かに彩香たち三人を殺させたとも推測できます。そう考えるのは、こじつけでしょうか？」

竹脇が首を竦《すく》めた。

「ま、そうでしょうね。しかし、経営コンサルタントと女医は三上キャスターと接点があった可能性はあるかもしれません」

「警察は三上学にも聞き込みはしたはずですが、彩香と秘密を共有した仲とは露《つゆ》も思ってないんでしょう」

「だと思います」

「『ニュースコラム』は午後九時半から放送されてますが、三上学は午後一時過ぎには局入りして、番組スタッフたちと綿密な打ち合わせをしてるんです。放映予定の録画映像もチェックしてるんですよ」

「打ち合わせは、どこで行なわれてるんです？」

「十階の報道部内の番組スタッフルームで、会議と打ち合わせが行なわれてるんです。生放送が流されてるのは第三スタジオですけどね」

「そうですか」

「刑事さんたち、昼食はまだでしょ？　局の地下大食堂は一般の方たちも利用ができるんですよ。腹ごしらえをして、一応、三上キャスターにも探《さぐ》りを入れてみたら、いかがでしょう？　キャスターが事件には関わってなくても、意外な情報を得られるかもしれませんよ」

「そうしてみます。ご協力、ありがとうございます」

尾津は礼を述べ、白戸と『帝都テレビ映像センター』を辞去した。

第二章　怪しいインテリやくざ

1

カツ丼を平らげた。

尾津は日本茶を喉に流し込み、ハンカチで口許《くちもと》を拭《ぬぐ》った。

帝都テレビの大食堂である。驚くほど広い。

先にラーメンを啜《すす》った白戸は、ハンバーグライスを食《しょく》している。元暴力団係刑事は大食漢だった。酒量も多い。

近くのテーブルは空いていた。テレビ局員やタレントたちは、出入口に近い席で昼食を摂《と》っている。誰もが時間に追われているのだろう。

事実、そこそこ売れているお笑い芸人は三、四分でカレーうどんを掻《か》き込み、マネージャーと思われる男と慌《あわ》ただしく食堂から出ていった。終始、不機嫌そうな表情だった。テレビとは別人のように映った。

「食後の一服をしたいが、食堂は禁煙になってるようだな」

尾津は喫煙を諦《あきら》めた。

「竹脇はシロだね」

「白戸、自信たっぷりだな。おれも同じ心証を得たが、なぜそう判断したんだ？」

「元編成局長は、たったの一回も目を逸《そ》らさなかった。後ろめたいことをやった奴は、まともに刑事の顔を見ようとしないでしょ？　あるいは、逆に質問者の面《つら》を不自然なほど直視する」

「そういう傾向があることは確かだが、前科歴の多い奴は刑事に自然に接して、平気で嘘をつくこともあるぜ」

「尾津さん、それは屁理屈《へりくつ》じゃないの？　竹脇はシロだね。ちっぽけな系列会社に飛ばされても辞表を書かなかった男が、誰かに代理殺人を依頼するわけないと思うな。それにさ、経営コンサルタントや女医とは接点がなさそうでしょ？」

「そうだな。おれは、竹脇雄一が彩香以外の二人とは面識もなかったと確信したんだ」

「そう。高瀬彩香は『博通堂』の城田専務をパトロンにしながら、キャスターの三上学にもハニートラップを仕掛けたのかな」

「白戸、まず飯を喰《く》っちゃえよ」

「そうするか」

白戸が、いつもの早喰いを披露した。ハンバーグライスの残りを胃袋に収めるのに、三分もかからなかった。

「コーヒーもあるが、どうする？」

「もう午後一時を過ぎてるから、先に三上に会いに行こうよ」

「ああ、そうしよう。白戸のさっきの質問だが、彩香はメインキャスターを一度は誘惑したような気がするね。三上が甘い罠に引っかかったかどうかはわからないがな」

「おれも、そう思ったんだよね。女の野心家は肉体に価値があることを知ってる。それに、男どもが好色だってこともわかってるでしょ？　ゲイや二十歳《はたち》前後の草食系男子は別にして、みんな、スケベだからね」

「白戸ほどじゃないがな」

「おれ、男性ホルモンが多いんだろうな。三日もナニしないと、覚醒剤《シャブ》喰ってる連中じゃないけど、禁断症状が出てくるんだよね」

「ブティックに押し入って、マネキン人形を抱き締めるなよ」

尾津は洋盆《トレイ》を持って、椅子から立ち上がった。白戸が倣《なら》う。

二人はトレイを厨房《ちゅうぼう》のカウンターに置くと、大食堂を出た。エレベーターで十階に上がり、報道部を訪れる。

尾津は、ドアの近くにいた三十二、三の男性局員に声をかけた。

「三上キャスターは、もう見えてます？」

「ええ。『ニュースコラム』のスタッフルームにいるはずです。あなた方は？」

「警視庁捜査一課の者です。五年前に殺害された高瀬彩香さんの事件の継続捜査を担当してるんですよ、われわれは」

「そうですか。警察は頼りにならないな」

相手が厭味たっぷりに言って、歩み寄ってきた。白戸が顔を強張《こわば》らせた。

尾津は、目顔で相棒を宥《なだ》めた。

「報道部記者の石森《いしもり》です」

「尾津です。連れは白戸といいます」

「そうですか。高瀬さんたち三人の女性が殺害されて、もう五年が経《た》つんですよ。延べ千人前後の捜査員が動員されたと思うんですが、未《いま》だに加害者の特定もできてないとは、少したるんでるんではありませんかっ」

「おい、偉そうな口を利くんじゃねえ。どの刑事も靴の底を擦り減らして、捜査をやってきたんだ。別に怠《なま》けてたわけじゃない」

白戸が口を尖《とが》らせた。

「それはそうでしょうが、もたつきすぎてますよ。三人の被害者にはまるで接点がなかったわけだけど、加害者は殺された女性たちと面識があったはずです」

「とは限らねえだろうが！　これまでの捜査で、三人の被害者全員と結びついてる人物はひとりもいなかったんだ」

「聞き込みが甘かったんで、そういう人物が網から零《こぼ》れ落ちたんだと思うな」

「帝都テレビの報道部も、五年前の連続猟奇殺人事件は当然、追ってたんだろ？　自分らこそ、何をしてたんだっ」

「デスクに被害者たちの男性関係をもっと深く調べるべきだと言ったんですよ。わたし自身も懸命に三人の交友関係を洗ったんです。だけど、残念ながら、疑わしい男は浮上してきませんでした。三つの捜査本部が解散になると、わたしたちは別の事案を担当させられたんで……」

「結局、こちらの報道部でも被疑者の割り出しはできなかったわけですね？」

尾津は、石森記者に確かめた。

「そうです。わたしたちもたいしたことありませんが、テレビ局は捜査機関じゃないんです。警察が頑張ってくれないと、高瀬先輩は浮かばれませんよ」

「ベストを尽くします。実は、三上さんにお目にかかって事件当時のことを伺いたいんですよ」

「三上キャスターを怪しんでるんですか!?」

「そういうわけじゃないんです。被害者の高瀬彩香さんは恋多き女性だったようですから、たくさんの男性と親しくされてたんではないかと思ったんですよ」

「三上さんは既婚者で、家庭を大事にされてる方です。『ニュースコラム』のサブキャスターの高瀬先輩と不倫の仲だったなんて考えられませんよ」

「そうですか。ご多忙中でしょうが、三上さんに十分か十五分ほど時間を割いてもらえませんかね？」

「キャスターに打診してみます。少々、お待ちください」

石森は言って、左手の奥にある番組スタッフルームに足を向けた。

「生意気な奴ですね。あいつ、三上キャスターを庇《かば》ってるような感じだったな」

「白戸、予断は禁物だぞ。妙な先入観を持つと、正しい判断ができなくなるからな」

「そうだね」

会話が熄《や》んだ。

二分ほど待つと、石森が戻ってきた。

「三上さんは、あなた方に会うと言ってました。ただ、スタッフルームでは話しにくいこともあるんで、屋上庭園で待っててほしいということでした」

「わかりました。ありがとう」

尾津は礼を言って、相棒と歩廊《ほろう》に出た。すぐにエレベーターに乗り込み、屋上に上がる。

屋上庭園には誰もいなかった。秋の草花が咲き誇っている。奥にはミニ水田《すいでん》があり、稲穂が風にそよいでいた。

尾津たちコンビは、遊歩道のベンチに並んで腰かけた。ベンチの真横にスタンド型の灰皿が据《す》えてある。

二人は煙草を吹かしはじめた。白戸はラークを愛煙している。

一服し終えて間もなく、三上学がやってきた。知的な顔立ちで、長めの髪は半白だ。五十八歳にしては、体型が若々しい。

尾津たちはほぼ同時にベンチから立ち上がり、自己紹介した。人気キャスターは会釈《えしやく》し、名乗った。フルネームを口にした。育ちがいいのだろう。

「早速ですが、事件前に高瀬彩香さんに変わった様子はありませんでした？　たとえば、怯《おび》えてる様子だったとか？　あるいは、何か思い詰めてるようだったとか？」

尾津は訊いた。

「特に変わった様子はありませんでしたね」

「そうですか。三上さんは、高瀬さんが『ニュースコラム』のサブキャスターに起用された経緯《けいい》について知ってらっしゃるんでしょ？」

「局の役員たちが挙《こぞ》って高瀬さんを推《お》したという話は報道部の部長から聞きましたよ」

「前編成局長の竹脇雄一さんのことも耳に入ってたんではありませんか？」

「それは……」

　三上が口ごもった。

「高瀬さんをサブキャスターに起用するよう重役たちを説得したのは、竹脇さんだということもご存じなんでしょ？　そして、二人が不倫関係にあったことも聞いてらっしゃってたんですよね？」

「ええ、まあ」

「高瀬さんはアナウンサーで終わりたくなくて、キャスターになりたがってたんでしょ？」

「そうみたいですね。彼女、政治や経済のことを意欲的に学んでましたよ。事実、大変な勉強家でした」

「高瀬さんはサブキャスターに起用されて間もなく、不倫相手の竹脇さんから遠ざかりました。そして、『博通堂』の城田専務をパトロンにするようになりました。殺害される前まで住んでた高輪の億ションを城田さんに買ってもらったことは、これまでの捜査でわかりました」

「そこまでは知らなかったな」

「竹脇さんは高瀬彩香さんにさんざん利用されて、棄《す》てられたわけです。子会社に飛ばされたんだから、竹脇さんは被害者を恨んでたはずです。しかし、五年前の連続殺人事件には関与してないようです」

「そうですか」

「野心家の高瀬さんはいつかフリーのキャスターになる夢を実現させたくて、広告主やテレビ局と深く結びついてる城田専務の世話になる気になったんでしょう」

「ええ、多分ね。彼女はなかなかの野心家だったからな。目的のためなら、何でもやれる女性だったんでしょう」

「他局でメインキャスターに起用されるには、『ニュースコラム』での存在価値を高める必要があったと思うんですよ。高瀬さんが裏取引めいた話を持ちかけてきたことはありませんでした？」

「裏取引!?」

「そうです。これは単なる想像ですが、あなたに何百万円もする超高級腕時計をプレゼントして、自分のコメント回数をもっと増やしてくれと持ちかけてきたなんてことは？」

「そんなことは一度もありません。わたしはメインキャスターを務めてますが、そんな権限はありませんよ。番組のチーフプロデューサーが、そうしたことを決めてるんです」

「そうなんでしょうが、看板キャスターの提案や意向《いこう》なら、チーフプロデューサーも取り合わないわけにはいかないでしょ？」

尾津は粘《ねば》った。

「黙殺はできないかもしれませんね。しかし、高瀬彩香さんがわたしに何か頼み込んできたことはなかったな」

「そうですか」

「ただ、妙なことがありました」

「何があったのか教えてくれませんか」

白戸が早口で促《うなが》した。

「高瀬さんに相談したいことがあると西麻布のダイニングバーの個室席に呼び出されて、二人だけで飲んだことがあるんだ。彼女はワインをハイピッチで飲んで雑談をするだけだったんですよ。急ぎの原稿を書かなければならないんで、わたしは彼女に相談の内容を聞かせてほしいと言ったんだ」

「それで？」

「高瀬さんは酔ってしまったんで自宅で酔いを醒ましてから、相談の内容を話すと言い出したんですよ。仕方なくタクシーで彼女の自宅マンションに送ったんだ。彼女は千鳥足だったんで、言われるままに寝室に連れていってベッドに横たわらせたんです」

「あなたは別室に移ったのかな？」

「そう、居間のソファに坐ってた。三、四十分待てば、高瀬さんの酔いは少し醒めるだろうと思ったんですよ」

「その後はどうなったんです？」

「四十五分ほど経《た》ったころ、寝室で彼女がわたしの名を呼んだんだ。ベッドルームに入ると、全裸の高瀬さんが横たわってたんだよ」

「高瀬さんは自分を抱いてほしいと三上さんに言ったんですね？」

尾津は相棒よりも先に口を開いた。

「そうなんです。わたしだって、石部金吉《いしべきんきち》じゃありません。妖《あや》しい気持ちになりましたよ。しかし、すぐに自制心が働きました。帰りかけると、高瀬さんは追ってきて足許にうずくまり、わたしの腰に手を回した」

「もう一方の手で、被害者は三上さんのベルトを緩《ゆる》めようとしたんですね？」

「ええ、その通りです。わたしは彼女の手を振り払って、急いで部屋から逃げ出しました」

「その後、被害者はどんな反応を見せたんです？」

「翌日、何事もなかったような顔で高瀬さんはスタッフルームに現われて、普段通りに打ち合わせをしてました。わたしは前夜の出来事は幻覚だったのかとさえ思いましたよ。ですが、現実に起こった出来事です。彼女がそんなふうだったので、わたしも前夜のことには敢《あ》えて触《ふ》れませんでした」

「被害者はあなたと特別な関係になったら、自分の発言回数を増やしてほしいとねだる気だったんでしょう」

「そうなのかもしれません。高瀬さんは、魔性の女だったんだろうな。欲情に負けてたら、わたしはメインキャスターを降ろされることになってたかもしれません。女性は怖いな」

「捨て身になったら、侮《あなど》れませんよね。三上さんは、ほかの事件被害者の二人とは何も接点はないんでしょ？」

「ええ、その方たちとは会ったこともありません」

「そうですか」

「故人の名誉を傷つけるような言動は控えるべきですが、高瀬さんは額に〝牝犬《ビッチ》〟という落書きをされてました。多くの男性を踏み台にするような生き方をしてたのかもしれないな。『博通堂』の城田専務もいろいろ利用されてたんじゃないだろうか。だからといって、専務が五年前の連続殺人事件の加害者とは考えていませんがね。ほかの二人の被害者と何か接点があるとも思えません」

「でしょうね」

「すみません。そろそろ番組スタッフルームに戻らなければならないので、このへんで失礼させてもらいます」

三上キャスターが軽く頭を下げ、急ぎ足で遠ざかっていった。

「キャスターもシロっぽいな」

　白戸が低く言った。

「そう見てもいいだろう」

「尾津さん、高瀬彩香は城田というパトロンを持ちながら、利用できそうな男たちと密会してたんじゃないのかな。横浜の実家に行って、身内や幼友達に会ってみますか。職場の人間や大学時代の友人には私生活のことをほとんど話さなかった故人も、血縁者や旧友には気を許して交際相手のことを無防備に喋ってたと考えられるからね」

「捜査本部や本庁二係の本家の刑事たちが、そのへんの聞き込みはパーフェクトにこなしてるはずだ」

「そうかな。なら、築地《つきじ》にある『博通堂』に回って、城田専務に探《さぐ》りを入れてみるほうがいいか」

「そうしよう」

　尾津は同意した。

　その数秒後、上着の内ポケットで官給携帯電話が着信音を刻んだ。尾津はモバイルフォンを摑《つか》み出した。

　ディスプレイを見る。発信者は能塚室長だった。

「尾津・白戸班は何か有力な手がかりを得られたのかな？」

「まだ動きはじめたばかりですから、これといった収穫はありませんよ。室長は、せっかちだな。そちらはどうなんです？」

「午前中、勝又とおれは岩佐真紀の絞殺体が発見された四谷二丁目のビル建設現場に行ったんだよ。もちろん、五年前の事件の形跡はなかった」

「でしょうね」

「けど、新たな目撃証言を得られた。五年前の十月六日の午後十一時ごろ、事件現場の近くに不審車輛が路上駐車されてたらしい。車種はティアナ二五〇XLで、車体の色はブリリアントシルバーだったそうだよ。ナンバープレートには、黒っぽい袋が被せてあったというんだ」

「室長、目撃者は現場付近に住んでる者なんですか？」

尾津は訊《たず》ねた。

「そう。現場から七、八十メートル離れた賃貸マンションで暮らしてる四十二歳のシステムエンジニアだよ。ティアナの助手席には登山帽を目深《まぶか》に被った男が坐ってて、ビル建設現場の方をじっと見つめてたらしいんだ」

「岩佐真紀の死亡推定時刻は六日夜の十時から十二時の間でしたね？」

「そう。登山帽の男は見張り役で、別の人間が被害者の首を革紐で絞めたんじゃないか。そして衣服を剝《は》いで、刃物で乳房、恥丘、ヒップを傷つけたと考えられる」

「ティアナの車内にいた男の年恰好《としかっこう》は？」

「それがな、暗くて顔はよく見えなかったらしいんだ。体つきから察して、そう若くなさそうだったと証言してる」

「そうですか。能塚さん、そのシステムエンジニアはなぜ急に不審車輛を目撃したと証言する気になったんです？　そのことが気になりますね」

「証言者は大学生のころに窃盗犯と間違われて、所轄署に連行されたことがあったらしいんだ。すぐに誤認逮捕とわかったんで釈放されたそうなんだが、そのときに警察に対する不信感を持ったんだってさ。だから、五年前の初動の聞き込みに協力する気持ちにならなかったという話だったな」

「そういうことですか。平日なのに、証言者は自宅マンションにいたんですね？」

「きょうは有給休暇を取ったんだってさ。五年前の事件が未解決なんで、被害者を気の毒に思ったんで……」

「警察に協力する気になったわけか」

「ああ、そう言ってた。おれたちは事件現場を踏んでから、岩佐真紀が代表取締役を務めてた経営コンサルティング会社の元社員の主婦に接触したんだよ。被害者は彼氏の保科潤と乗っ取った新興企業の転売の時期を巡って、よく言い争ってたそうだ。真紀は自分の考えが通らないと、ヒステリックになって灰皿をインテリやくざに投げつけてたらしい。もちろん、ちょっと的《まと》を外してな」

「そうですか」

「それから、二人は売却益の配分のことでも揉《も》めてたってさ。所詮《しょせん》、真紀と保科は欲得で繋がってたんだろう」

「そうだったとしたら……」

「保科潤が誰かを雇って、うっとうしくなった岩佐真紀を殺《や》らせたのかもしれないと疑える。ただな、インテリ経済やくざは捜査資料によると、キャスターや女医とは接点がないはずなんだ」

「大久保係長が集めてくれた捜査情報では、その通りでしたよね。しかし、捜査がラフだったとしたら、保科が間接的に高瀬彩香や小杉奈津美と結びついてる可能性もあるな」

「そうなんだよ。おれたちは、保科潤の交友関係を洗い直してみる。尾津と白戸は帝都テレビから、『博通堂』に回るのか？」

能塚が問いかけてきた。

「ええ、その予定です」

「相手は大手広告代理店なんだ。人権問題になるような揺さぶり方はまずいぞ。あくまでもソフトに探りを入れてくれ。もしくは、巧妙に鎌をかけてくれよな」

「そのあたりは心得てますよ」

「だろうな。何か手がかりを掴んだら、すぐ報告を上げてくれ」

「了解！」

尾津は携帯電話を折り畳んだ。

2

『博通堂』のエントランスロビーは、ホテル並に広い。

床は大理石だった。受付嬢は四人もいる。

尾津・白戸コンビは、受付カウンターの前で立ち止まった。受付嬢たちが一斉にほほえんだ。揃《そろ》って二十代前半の美人だ。

気後《きおく》れしそうだった。

尾津は身分を明かして、受付嬢のひとりに話しかけた。

「城田専務にお目にかかりたいんです。取り次《つ》いでもらえますか」

「あいにく役員会議中でございます」

「会議は何時ごろに終わるんだろうか」

「専務秘書に問い合わせてみます」

受付嬢がクリーム色の内線電話機に手を伸ばした。

尾津は相棒に目配せして、受付カウンターから二メートルほど離れた。白戸も退《さ》がる。

「この社屋は、バブルのころに建てられたんじゃないかな。造りがゴージャスですよね。尾津さんもおれもバブル時代はまだ十代だったから、まったく恩恵《おんけい》に浴してない」

「そうだな」

「五十過ぎの先輩たちの話によると、国民の大半が浮かれてたらしいよ。一九九一年ぐらいにバブルが弾《はじ》けたわけだけど、大手広告代理店は大儲けしてたんでしょうね？」

「おれたちの世代は景気が悪くなったころに青春時代を送ったから、バブル全盛期の話を聞かされてもピンとこないよな？」

「そうだね。失われた二十年で、若い連中は就職で苦労させられ、大企業の正社員になれた奴はごく一部だった。大多数は中小企業に入って、安い給料で働かざるを得なかった」

「そうだな」

「五、六十代のおっさんたちは、若い奴らは覇気《はき》がないと嘆いてるが、前途にほとんど明るい材料がないんじゃ、元気なんか出ないよね」

「高度経済成長時代を知ってる世代は、どうしても物質的な豊かさを追い求めるからな。敗戦でゼロから出発しなければならなかったわけだから、経済的な発展をめざしても仕方ないんだと思うよ。快適な生活を送れるのは、ありがたいことだが……」

「おれたちは子供のころから、テレビ、エアコン、車なんかが家にあった。だから、物質的な豊かさを追っかけてもよかった……」

「そうだったんだよな。いい大学を出ても、安定した暮らしができる時代じゃなくなった。それだから、多くの若い世代は社会的な成功よりも自分のライフスタイルを大事にするようになったんだろう」

「そうだね。四十前の連中の大多数は、確かに高望みはしなくなってる」

「ほどほどの生活ができればいいと考えるのは、決して後退じゃないよ。むしろ、健全なんじゃないか。家や車をシェアしたって、別に落ちぶれたわけじゃない。贅沢な生活をするために無理をしてたら、ストレスを抱え込むことになる」

「そう！　みんな、身の丈《たけ》に合った生き方をすればいいんだよ」

「こんな話をしてるおれたちは、ちょっとガキっぽいな」

尾津は苦く笑った。

ちょうどそのとき、受付嬢が受話器をフックに戻した。尾津たち二人は受付カウンターに近づいた。

「いま専務秘書の寺内《てらうち》が一階ロビーに降りてまいりますので、少々お待ちください」

受付嬢が尾津に言った。

尾津たち二人は、ふたたびカウンターから離れた。二分ほど待つと、奥のエレベーターホールから四十歳前後の知性的な面差《おもざ》しの女性がやってきた。黒っぽいスーツ姿だ。

「専務秘書の寺内容子《ようこ》でございます」

「警視庁の尾津です。相棒の名は白戸です。城田さんは役員会議に出られてるそうですね？」

「そうなんですよ。会議が長引きそうなので、わたしがご用件を伺《うかが》いましょう」

「そうおっしゃられても……」

「五年前に殺された専務の愛人のことで見えられたんですよね？」

「寺内さんは、高瀬彩香さんと城田専務の関係をご存じなんですか」

「はい。城田の秘書ですので、たいていのことは知っています」

「それでしたら、捜査に協力していただきたいな」

「わかりました。ロビーでは人目につきますので、中庭《パティオ》に出ましょう」

「あっ、はい」

尾津たちは専務秘書に導かれ、エレベーターホールの脇から中庭に出た。

樹木と花が形よく植え込まれ、ところどころに陶製のガーデンチェアが置かれている。

三人は陶製の椅子に腰かけた。尾津は白戸と並ぶ形だった。寺内容子は、尾津の前に坐った。

「専務と帝都テレビの『ニュースコラム』のサブキャスターは、いつごろから親密になったんです？」

尾津は訊いた。

「六年前だったと思います。高瀬さんがサブキャスターになられて数カ月後、城田がよく通ってる銀座の鮨屋《すしや》に彼女がふらりとひとりで入ってきて、専務の隣の席に坐られたそうです。高瀬さんは調査会社に城田を何日か尾行させて、ひいきにしてる飲食店を調べさせたんでしょうね。それで、ある目的を持って単身で銀座の鮨屋に現われたんだと思います」

「俗な言い方になりますが、城田さんは逆ナンパされたんだろうということですね？」

「ええ、そうだったんでしょう。城田は色仕掛けにまんまと引っかかったんですよ。わたし、専務に頼まれて代理で高瀬さんの携帯によく電話をしました」

「デートの連絡をしてたんですね、あなたが？」

「ええ。専務の奥さまには申し訳ないと思いながらも、言われるままに密会の日時や場所を高瀬さんに教えてたんです。二人は月に三度ほど逢《あ》い引《び》きをしてました。別々に成田《なりた》を発《た》ってオスロのホテルで落ち合い、一週間ほど北欧旅行もしたようです。その手配は、別の者がしたんですけどね」

「高瀬彩香さんが城田専務に接近した理由は何だったんでしょう？」

「専務のコネで、そのうち彼女は他局の報道番組のメインキャスターにしてもらえると期待してたんですよ」

「確信ありげなおっしゃり方だな」

「城田から直接、『彩香がフリーになって、他局の報道番組のメインキャスターになりたいとせがんでるんだ』と洩らしたことがあるんです」

容子が答えた。

「天下の『博通堂』の専務なら、愛人の夢を叶えてあげられるんじゃないのかな？」

「ごり押しすれば、なんとかなったかもしれません。でも、そんなことをしたら、城田が高瀬さんと特別な関係だってことがテレビ局の人たちに知られてしまいますでしょ？」

「でしょうね。無理を通したら、城田さんの立場は悪くなるな」

「ええ、そうなんですよ。わたしはそう思いましたんで、専務に公私混同はまずいと進言したんです」

「城田さんは、どうおっしゃってました？」

「無理はしないと言ってました。でも、城田は高瀬さんにのめり込んでましたので、わたしは危《あや》ういものを感じていました」

「城田さんは愛《いと》しい女性の夢を叶えてやりたいと思いながらも、無茶を押し通した先のことも予想したんでしょうね」

「そうなんだと思います。専務が自分の夢を後押ししてくれないんで、高瀬さんは拗《す》ねるようになったようですよ。スケジュールの調整がつかないとか言って、デートに応じなくなったんです。女の浅知恵ですけどね」

「城田専務は相手の態度に腹を立てたんだろうな」

白戸が話に割り込んだ。

「いいえ、逆でした。父親から相続した世田谷区上野毛《かみのげ》の宅地の半分を家族に内緒に売却し、高瀬さんに高輪の億ションを買い与えたんです」

「そうだったのか。その物件は被害者の遺族が相続して、確か四年前に売り払ったはずだな」

「そうみたいですよ。話を戻しますね。高瀬さんは一億六千万円の分譲マンションを貰ったんで機嫌を直して、また城田と密会するようになりました。ですけど……」

「先をつづけてもらえますか」

尾津は言った。

「高瀬さんは、また以前と同じことを専務に言うようになったみたいなんです」

「そのうちフリーになって、他局の番組でメインキャスターを務めたいと言いだしたわけか」

「そうです。城田は関西や九州のテレビ局に高瀬さんを報道番組のメインキャスターとして使ってくれないかと売り込みをかけたんですが、彼女はその企画を引っ込めさせたらしいんです。あくまでも東京でキー局の番組のメインキャスターになりたいと思ってたんでしょうね」

「城田さんは頭を抱えてたんだろうな」

「専務は悩んでましたね。性悪女《しょうわるおんな》に引っかかってしまったことを悔やんでたにちがいありません。高瀬さんが不倫のことを公《おおやけ》にするぞと脅迫してきたら、専務は身の破滅ですからね。悩みは深刻だったと思います」

「そうでしょうね」

「いっそ高瀬さんが事故死でもしてくれればと専務は心の中で願ってたのかもしれません。でも、そんなに都合よく事は運びませんでしょ？」

「そうですね」

「城田は、できることならば、愛人関係にあった高瀬彩香さんをこの世から消し去りたいと考えてたんじゃないかしら？　あっ、冗談ですよ。いくらなんでも、そんな過激なことは考えないでしょう。専務は分別のある紳士ですんでね。女好きなことは減点になりますけど」

「城田さんは好色漢というよりも、多くの女性に愛される艶福家《えんぷくか》なんでしょう」

「ええ、そうなんですよ。専務は外見が素敵ですし、仕事もできます。それでいて、ちょっと隙《すき》もあるんですよ。箸《はし》の使い方があまりうまくなくて、お豆なんかを上手に抓《つま》めないんです。そんなとき、少年のように恥ずかしそうに笑うんですよ。母性本能をくすぐられちゃうんです」

「そんなふうだから、女性たちに好《す》かれるんだろうな」

「ええ、そうなんだと思います」

容子の頰はほんのり赤らんでいた。専務秘書は、城田に思慕《しぼ》を寄せているにちがいない。尾津は、そう直感した。

容子は、高瀬彩香に魅《み》せられていた城田にある種の失望を感じていたのではないか。彩香には嫉妬《しっと》を覚えていたのだろう。それだから、仕《つか》えている専務の私的なことを進んで喋ったのではないか。

そこまで考え、尾津は突っ拍子もない思いに囚《とら》われた。容子がジェラシーから、第三者に彩香を葬らせたのではないか。『ニュースコラム』のサブキャスターは性的な暴行は受けていなかった。猟奇的な犯行だが、主犯が同性だったとも考えられなくはない。

ただ、容子に他の被害者の二人と接点があるとは思えなかった。推理を飛躍させすぎだろう。

「ちなみに、城田さんは高瀬さんの後に殺された経営コンサルタントの岩佐真紀さんや整形外科医の小杉奈津美さんとは知り合いじゃないんだよね？」

白戸がくだけた口調で専務秘書に問いかけた。

「と思いますけど、城田は顔が広いんですよね。ひょっとしたら、その二人の女性とどこかで知り合って……」

「つき合ってたかもしれない？」

「その可能性はゼロじゃないでしょうね。とにかく専務はたくさんの女性に好かれてますんで、殺害された他の二人とも男女の関係になってたとも考えられます」

「そうだったとしたら、城田さんはちょっと怪しくなるな。三人から無茶なことをせがまれて、困ってたのかもしれないでしょ？　それで、殺し屋《プロ》に高瀬彩香、岩佐真紀、小杉奈津美の三人を始末させた。そんなふうにも疑えるな」

「ええ、そうですね。でも、城田は高瀬さんだけと親密な仲だったんでしょう。要職に就いてる専務が同時期に三人の愛人を囲ってたら、体が保《も》たないんじゃないかな」

「三人ぐらいなら、ノルマをこなせるでしょ？　性豪で知られた関西の財界人は六人も妾《めかけ》を囲って日替りで愛人宅を巡って、日曜日は本宅で女房の機嫌を取ってるなんて艶笑エッセイを発表してる」

「話を誇張して面白おかしく書いたんでしょ？　城田は精力絶倫男じゃありません」

容子が言って、すぐに悔やむ表情になった。

「専務は秘書のあなたにも手をつけたのかな？」

「城田はそんな男性じゃありません。わたし、誤解されるような言い方をしてしまいましたが、専務とはそういう間柄ではありません。本当です」

「でも、さっき……」

「そんなに精力旺盛《おうせい》ではないと言ったのは、昔、専務が面倒を見ていた女性から聞いた話なんです。わたしの体験談じゃありませんから、勘違いなさらないでください。ね？」

「はい、はい」

白戸がにやにやしながら、大声で応じた。容子は下を向いていた。

「城田さんの本日の予定を教えてください。社内には何時ごろまでいらっしゃいます？」

尾津は専務秘書に訊《たず》ねた。

「午後四時には紀尾井町《きおいちょう》のホテル・オオトモで開かれる来春公開予定の映画のクランクアップ記念パーティーに出席することになっています。そのあと七時からは、日比谷のラジオ局の社長を訪ねる予定です」

「そうですか。会議が長引くようなら、外で城田さんをお待ちしてても無駄でしょうね？」

「ええ、申し訳ありませんけど。ホテル・オオトモのパーティー会場にいらしていただければ、捜査に協力できると思います」

「それじゃ、午後四時過ぎに紀尾井町のホテルに伺うことにします」

「二度手間を取らせて、ごめんなさいね」

容子が陶製の椅子から立ち上がった。尾津と白戸は、ほとんど同時に腰を浮かせた。

三人は中庭から一階ロビーに戻った。エレベーター乗り場の前で容子と別れ、尾津たちは『博通堂』の本社ビルを出た。

覆面パトカーは、本社ビルの裏手の路上に駐《と》めてあった。その場所に向かう。

「容子という秘書は、城田とは他人じゃないな」

尾津は歩きながら、相棒に言った。

「おれも、そう感じたね。おそらく城田専務は酔った勢いで、彼女を抱いちゃったんだろうな」

「そうなんだろう。愛人として囲う気があったら、秘書は辞めさせたはずだ。ちょいと摘《つま》み喰いをしてしまったんだと思うよ」

「うん、多分ね。容子のほうは一線を越えたことで、城田に一気に傾いた。だけど、城田のほうはもう彼女には興味を失ってしまった。だから、これまで通りに単なる秘書として接してるんでしょう」

「そうにちがいないよ。それが不満で、容子は城田に高瀬彩香に別れてくれと頼んだんじゃないかな。しかし、城田は取り合わなかった」

「それだから、少し城田を困らせてやろうと思って、専務秘書はおれたちに……」

「城田が高瀬彩香の事件に関わってるかもしれないと仄《ほの》めかしたんだろうな。専務は彩香を持て余してただろうが、誰かにサブキャスターを始末させてはいないと思う。ただ、城田には鎌をかけてみたほうがいいな」

「おれも、そう思うね。尾津さん、容子が嫉妬に狂って、誰かに高瀬彩香を殺《や》らせたとは考えられない？」

白戸が問いかけてきた。

「おれも、一瞬、そう筋を読んだんだよ」

「尾津さんも、そう考えたか」

「そうなんだ。しかし、容子が他の二人の被害者と接点があるとは思えない」

「そうなんだよね。だから、容子が五年前の連続殺人事件の主犯格という推測には無理があるわけだ」

「そうだな」

「だけど、城田には他の二人の被害者と接点があるかもしれない」

「ああ。そのあたりを調べてみよう」

尾津は歩幅を大きくした。

3

受付が無人になった。

パーティーは佳境に入っていた。午後五時過ぎだ。

ホテル・オオトモの『サファイアルーム』である。尾津・白戸コンビは、パーティー会場の近くの長椅子に腰かけていた。

城田賢一郎が会場内にいることは間違いない。秘書を伴って『サファイアルーム』に入ったのは、四時数分過ぎだった。寺内容子は数分後にパーティー会場を抜け出し、どこかに消えた。

「受付係がいなくなったから、白戸、会場に入るか」

尾津は相棒に声をかけた。

「そうしましょうか。でも、正攻法じゃ城田はボロを出さない気がするな。いろいろ鎌をかけても、『博通堂』の専務はシラを切り通すだろうね」

「かもしれないな。白戸、何かいい手を思いついたのか」

「ちょっとね。反則技だけど、おれたちは身分を伏せてブラックジャーナリストを装ってみない？」

「もろ違法捜査になるな」

「そうだね。けど、別に本当に城田から口止め料をせしめるわけじゃないんだから、別に問題はないでしょ？」

「ブラックジャーナリストに化けて城田に揺さぶりをかけるだけなら、危《ヤバ》いことにならないだろう。よし、その手でいくか」

「了解！」

白戸が黒いレザージャケットの内ポケットからサングラスを取り出し、目許を覆《おお》った。

「おまえはサングラスなんか掛けなくても、アウトローに見えるよ。かえって素顔を晒したほうが凄みがある」

「そうかな」

「そのサングラスをおれに貸してくれ。こっちは品のある顔をしてるから、素《す》のままでは迫力に欠けるだろ？」

「よく言うよ。尾津さんだって目を吊《つ》り上げると、けっこう迫力あるぜ」

「いいから、グラサンを外せって」

尾津は手を差し出した。

白戸が色の濃いサングラスを外す。尾津はサングラスを受け取り、すぐ目許を隠した。

ちょうどそのとき、『サファイアルーム』から六十年配の男が出てきた。

城田だった。尾津は白戸と顔を見合わせ、ほくそ笑《え》んだ。都合のいい流れになった。多分、城田はトイレに行くのだろう。

予想通りだった。城田は手洗いの中に入っていった。

コンビは相前後して腰を浮かせた。男性用トイレに急ぐ。

「おまえは出入口で見張りに立って、トイレの中に入ろうとする奴をうまく追っ払ってくれ」

尾津は巨漢刑事に言って、手洗いの中に足を踏み入れた。

城田が用を足している。ほかには誰もいなかった。尾津はドアに凭《もた》れ掛かった。城田が小便器から離れ、尾津を訝《いぶか》しげに見た。だが、何も言わなかった。

城田が洗面台の前に立った。両手を洗い、頭髪を軽く撫でつけた。

「あんた、『博通堂』の城田専務だよな?」

尾津はぞんざいに言った。

「そうだが、きみはどなたかな?」

「名乗るほどの男じゃないよ。うっかり本名を教えたら、逮捕《パク》られることになるんで、自己紹介は省《はぶ》かせてもらうぜ」

「総会屋か。そうなんだな?」

「いや、そうじゃない。ジャーナリストだよ、ちょっとブラックがかってるがな。あんた、『ニュースコラム』のサブキャスターをやってた高瀬彩香を愛人にしてたよね?」

「高瀬さんのことは知ってたが、そんな仲じゃない」

城田が言下《げんか》に否定した。

「おれは、何もかも知ってるんだよ。空とぼけても、無駄だって。あんたは秘書の寺内容子を使って、彩香に密会の日時と場所を連絡させてた。オスロで別々に落ち合って、彩香と一週間ほど北欧旅行もしたよな？」

「ど、どうして……」

「ほかにも、いろいろ知ってるぜ。あんたは死んだ親父《おやじ》さんから相続した上野毛の宅地を家族には内緒で半分売って、彩香に高輪の億ションを与えた」

「………」

「そこまで入れ揚げるのは、彩香が床上手だったからなんだろうな。噂によると、五年前に殺された愛人は名器の持ち主だったらしいね。みみず千匹だったの？　それとも、俵締めだったのかな？」

「下卑《げび》たことを言うなっ」

「確かに品のない質問だった。お気に入りの彼女は『ニュースコラム』のサブキャスターじゃ満足できなくて、他局でメインキャスターになりたがってたようだな。あんたはテレビ業界と深く結びついてるから、彩香は自分の夢が叶うと思ってたんだろう」

「………」

「おれが集めた情報によると、あんたは関西や九州のテレビ局に高瀬彩香のことを売り込んだらしいね。しかし、あんたの愛人は東京のキー局でメインキャスターになりたがった。あんたは力があるが、そう簡単に彩香の野心を叶えてやれない。だいぶ頭を抱えたんじゃないのかい？」

「高瀬さんは『ニュースコラム』の仕事に満足してたよ」

「城田さん、諦めが悪いね。下半身スキャンダルが週刊誌に派手に載《の》ってもいいのかな？」

「きみの狙いは金だなっ。いくら欲しいんだ？」

「見くびるな。おれは、あんたから金をせびろうとは思っちゃいない。五年前の九月に殺害された高瀬彩香を成仏させたいと思ってるんだよ。それから、彩香の後に殺《や》られた岩佐真紀と女医の小杉奈津美も成仏させてやりたいね」

「きみは、いったい何者なんだ？　ただのブラックジャーナリストなんかじゃないんだろ？」

「実を言うとな、五年前に殺された三人の女とは間接的な知り合いだったんだよ」

尾津は、もっともらしく言った。とっさに思いついた嘘だった。

「彩香、いや、高瀬さんとは面識があったのかね？」

「知人と飲んでるとき、美人キャスターが番組のプロデューサーと一緒に店に入ってきたんだよ。そのとき、知り合いにあんたの不倫相手を紹介してもらったんだ。岩佐真紀や小杉奈津美も、その男に紹介してもらったんだよ。その三人とは寝てないから、あんたとは何とか兄弟にはならない。安心してくれ」

「わたしと高瀬さんは、妙な仲じゃなかったんだ」

「城田さん、もう観念しろよ。あんたの女性関係のことは、ほとんど調べ上げたんだ。専務は秘書の寺内容子にも手をつけてる」

「き、きみは寺内さんに頼まれて、わたしを強請《ゆす》りに来たんだな。そうなんだろ？」

「外れだ。おれは恐喝めいたことをしてるが、今回は強請《ゆすり》を働く気はない」

「本当なのかね？」

城田が上目遣《うわめづか》いに尾津を見た。

「ああ、金を脅し取ったりしないよ。だから、おれの質問にちゃんと答えてくれ。あんたは高瀬彩香のわがままにつき合い切れなくなって、誰かに彼女を片づけさせたんじゃないのか？」

「わたしは、そんなことさせてない」

「正直になってほしいな。彩香は自分の夢を叶えてくれなきゃ、あんたとの不倫関係を公《おおやけ》にすると開き直ったんだろう？　で、あんたは焦《あせ》って、彩香を亡き者にする気になったんじゃないのかっ」

「彩香のわがままには閉口してたよ。しかし、彼女を誰かに殺させてなんかいない。どうか信じてくれないか」

「岩佐真紀、小杉奈津美の二人とも親密な時期があったんだろ？　本当のことを言わないと、あんたに明日はなくなるぞ」

「その二人が彩香の後に相次いで惨殺されたことは知ってるが、どちらとも会ったこともない。本当に本当だよ」

「嘘はついてなさそうだな」

尾津は応じた。ずっと城田の表情をうかがっていたが、動揺する様子は見られなかった。視線を外すこともなかった。

「秘書とおかしなことになったのは、たったの一遍《いっぺん》だったんだ。彩香が予約したホテルに来なかったんで、自棄酒《やけざけ》を呷《あお》って寺内さんを呼び出してしまったんだよ。魔が差したんだ。彼女には済まないと思ってる。その後、寺内さんに事務的な接し方をしつづけたんで、女心が傷ついたんだろう。だから、彼女はきみにわたしを懲《こ》らしめてくれと言ったんだろうね」

「おれは、あんたの秘書に頼まれたんじゃない。同じことを二度も言わせるな」

「それでは、いったい誰がきみに……」

「パーティー会場に戻ってもいいよ。寺内容子には、何らかの形で謝罪するんだな。そうしないと、あんたは彼女に破滅に追い込まれるぞ。過去の女関係をおおむね知られてるみたいだから、秘書を軽く見ないほうがいいな」

「寺内さんには詫びて転職先を見つけてあげるつもりだよ」

城田が伏し目がちに言って、トイレから出ていった。入れ代わりに白戸が手洗いに入ってくる。

「城田賢一郎はシロだな」

尾津は相棒に詳しい話をした。

「そういうことなら、『博通堂』の専務はもう捜査対象者リストから外したほうがいいね」

「そうだな。いったん桜田門に戻るか」

「了解！」

白戸が先に手洗いから出た。尾津は相棒につづき、サングラスを返した。白戸が上着の胸ポケットにサングラスを突っ込む。

二人はエレベーター乗り場に足を向けた。

函《ケージ》を待っていると、能塚室長から尾津に電話がかかってきた。

「その後、収穫は？」

「城田はシロだという心証を得ました」

尾津は経過を報告した。

「わかったよ。少し前に本家の大久保ちゃんから電話があったんだ。組対《そたい》四課の情報で、経済やくざの保科潤が五年前の事件当時、小杉奈津美と同じカントリークラブの会員権を持ってたことがわかったらしいんだ」

「そうなら、二人がゴルフクラブで顔を合わせてた可能性もありますね」

「そうだな。これから勝又とおれは、町田の外れにあるゴルフ場に行ってみる。尾津と白戸は、世田谷にある小杉整形外科医院に行ってみてくれないか。未確認情報なんだが、大久保ちゃんは六年ぐらい前に保科が右腕を骨折して、世田谷区内のクリニックに通院してたという話も組対四課から聞いたらしいんだ」

「保科が小杉整形外科医院に通ってたとしたら、連続猟奇殺人事件の二人の被害者と接点があるわけか」

「そうなるな。保科が通院してた整形外科医院が小杉奈津美のクリニックかどうか調べてほしいんだ。経済やくざがゴルフ場で小杉奈津美と顔見知りになってたとして、彼女とも面識があったとしたらさ、一連の犯罪《ヤマ》を踏んだのはインテリやくざかもしれないぞ。捜査資料で、保科が岩佐真紀と乗っ取った企業の転売の利鞘を巡って揉めたことがあるとわかってる」

「保科に二人の被害者と接点があるんなら、疑惑は濃いですね」

「まずは接点の有無《うむ》を確かめなくちゃな」

「そうですね。勝又主任は能塚さんに監視されてるんで、やりにくそうでしょ？」

「そうだな。それでも聞き込みの間にスマホを取り出して、アイドルたちの動画を再生したりしてるよ。困った四十男だぜ。職務中なんだぞ、まだな」

「そのぐらいは大目に見てやってもいいんじゃないですか。アイドルユニットをサポートすることが勝又さんの生き甲斐なんでしょうから」

「おまえはそんなふうに勝又を庇《かば》うが、れっきとした中年男なんだぞ。どこか変だろうが？　精神的に稚《おさな》すぎるよ。そうだろ？」

「人の価値観はさまざまですよ。四十男が少女たちのピュアさに惹《ひ》かれてもいいんじゃないのかな。少女買春は、まずいですがね」

「尾津は器《うつわ》がでっかいな。おれは、勝又みたいな奴が苦手なんだよ」

「そんなことを言ってもいいのかな。勝又主任、室長の近くにいるんでしょ？」

「いや、かなり離れた所でスマホのディスプレイを覗き込んでる。どうせ〝みずいろクローバーZ〟の動画を再生してるんだろう」

「室長、みずいろじゃなく、ももいろです」

「どっちでもいいだろう、そんなことは。とにかく、指示通りに動いてくれ」

能塚が通話を切り上げた。

尾津はモバイルフォンを懐に仕舞《しま》い、室長との遣《や》り取《と》りを白戸に伝えた。

「なんか保科が臭いな。インテリやくざは堅気っぽいから、女医も無防備だったんじゃないのかな。それをいいことに保科は小杉奈津美を力ずくで姦《や》っちゃったのかもしれないな。それでさ、金を貢《みつ》がせてたんじゃないだろうか。堅気のように見えても、根はやくざだからね。そのぐらいはやるでしょ？」

「そうなんだろうか」

「女医はヒモみたいな保科と離れる決意をして、警察に相談に行くとでも言ったんじゃないかな。保科潤は、叩けば、埃《ほこり》の出るような生き方をしてる。危《ヤバ》いことになる前に小杉奈津美を亡き者にしたついでに、岩佐真紀も同じ実行犯に始末させたのかもしれないな」

「白戸、殺人捜査は事実を一つずつ積み重ねて、加害者を割り出すもんだ。推測や臆測《おくそく》に足を掬《すく》われると、ミスをやらかすぜ」

「尾津さん、おれの筋の読み方はそれなりに説得力があるはずだよ。ただの勘や推測じゃないからね。論理をベースにしてるんだ」

「偉そうなことを言ってるが、まだ状況証拠も摑んだとは言えないんだ。説得力なんかないよ」

「尾津さん、おれに喧嘩売ってるの？　売られた喧嘩は買うよ」

「チンピラみたいな凄み方をするんじゃない。白戸、世田谷の小杉整形外科医院に行くぞ」

「尾津さんは、おれと一対一《タイマン》の喧嘩張れる自信がないんだ。そうでしょ？」

白戸が無邪気に言って、エレベーターの下降ボタンを押した。

二人は三階から地下二階の駐車場に下《くだ》り、スカイラインに乗り込んだ。白戸の運転で、世田谷区世田谷二丁目に向かう。

数百メートル先で、尾津は覆面パトカーの屋根《ルーフ》に赤色灯を装着させた。サイレンを鳴り響かせながら、一般車輛をごぼう抜きにしていく。

「小杉整形外科医院は二代目院長の奈津美が死んでから、弟の卓弥《たくや》が引き継ぐ予定になってると初動捜査資料には書かれてたな。被害者の実弟が三代目院長に収まったんだろうか」

ハンドルを捌《さば》きながら、白戸が言った。

「と思うが、姉貴が死んだときは弟はまだ二十八だった。院長としては若すぎるんで、ベテランの整形外科医を雇ったとも考えられるな」

「そうだね。殺された女医の妹の華恵《はなえ》は二十代後半まで客室乗務員《キャビン・アテンダント》をしてたらしいから、院長にはなれないと思うね。多分、ベテランの外科医を名目だけの院長にしたんでしょう」

「そうなのかもしれない」

会話が途切《とぎ》れた。

目的のクリニックを探し当てたのは、二十数分後だった。閑静な住宅街の一画にあった。

白戸が車を小杉整形外科医院の生垣《いけがき》に寄せた。尾津は助手席から、医院の看板を見た。

院長は、小杉姓ではなかった。吉見諭《よしみさとし》という名が掲《かか》げられている。

「三代目院長は、小杉家の身内じゃないようだな」

「あっ、本当だ。やっぱり、奈津美の弟はまだ若いんで、大学病院の勤務医あたりを院長に据《す》えたようだな。クリニック名を変更しなかったのは、いずれ小杉卓弥が正式な院長になることになってるからなんだろうね」

「多分、そうなんだろう」

「尾津さん、降りよう」

白戸が運転席から出た。尾津も覆面パトカーを降りる。

午後の診察時間中だった。尾津たちは医院に入り、受付カウンターに歩《ほ》を運んだ。白戸が警察手帳を事務職員の女性に見せ、小声で確かめた。

「吉見院長は診察中ですね？」

「ええ、そうです」

「二代目院長の弟の卓弥さんは？」

「ここにはいません。東日本医大附属病院で働いてるんですよ、奈津美先生の弟さんは」

「小杉家の血縁者は、このクリニックにはいないんですか？」

尾津は口を挟んだ。

「はい。奈津美先生が亡くなる少し前に理事長が代わって、このクリニックの経営者は保科理事長になったんです」

「理事長の名は、保科潤さんですね？」

「そうです。保科理事長が吉見先生を院長としてスカウトしたんですよ。それまで吉見院長は、川崎の私立総合病院で働いてたんです。ナースとわたしたち事務スタッフは新理事長になっても、誰も解雇されなかったんです。ですんで、全員がそのまま働かせてもらってるんですよ。ありがたいことです」

「保科理事長は前々から小杉家とは縁のある人物だったんですか？」

「いいえ。保科理事長は六年近く前に右腕を骨折して、このクリニックに患者さんとしてやってきたんです。そのとき、看護師が冷湿布《れいしっぷ》と温湿布《おんしっぷ》をうっかり間違えてしまったことに保科さんは腹を立てて、医療ミスを刑事告訴すると息巻いたんです。当時の院長だった奈津美先生が平謝りに謝ったんですが、保科さんの怒りは鎮《しず》まりませんでした」

「そうですか」

「保科さんはナースを育て直す必要があると言って、奈津美先生にクリニックの共同経営を持ちかけたんです。先生はびっくりして、即座に断りました。先代の院長先生から引き継いだクリニックですからね。当然だと思います」

「そうでしょうね」

「保科さんは裁判を起こすと捨て台詞《ぜりふ》を吐いて、いったん引き下がったんです。でも、本当に訴訟に踏み切ったんですよ。奈津美先生は知り合いの大物弁護士に相談して、法廷で保科さんと徹底的に争う構えでした」

「大物弁護士というのは、どなたなんです？」

「かつて東京地検特捜部部長だった椎名優《しいなまさる》先生です。時々、テレビにコメンテーターとして出演してるから、ご存じでしょ？」

相手が問いかけてきた。尾津は大きくうなずいた。

椎名はヤメ検弁護士で、知名度が高かった。学者風の容貌だ。六十二歳だったか。

「椎名弁護士と二代目院長は、どういう知り合いだったんです？」

「そのへんのことはよくわかりません。多分、先代の院長と椎名先生は旧知の仲だったんでしょう。それで、初代院長の長女の奈津美先生とも交流があったんだと思います」

「裁判はどうなったのかな？」

白戸が話に加わった。

「保科さんは告訴を取り下げて、この医院に寄りつかなくなりました。でも、奈津美先生が亡くなる少し前にクリニックの経営権を譲り受けたからと新理事長になって、吉見先生を三代目院長に任命されたんです。さっきナースと事務スタッフはそのまま雇い入れられたと言ってしまいましたが、湿布を間違えた看護師だけは解雇されました」

「そうですか」

「あのう、奈津美先生の事件の真相はまだわからないんでしょうか？」

「そう遠くないうちに、われわれが犯人を突きとめますよ。仕事の邪魔をして、悪かったですね」

尾津は相棒と小杉整形外科医院を出た。すぐに白戸が口を切った。

「経済やくざがこのクリニックを乗っ取ったと考えるべきだね。保科は女医の何か弱みを握って、安く経営権を手に入れたんじゃないんだろうか」

「ああ、おそらくな。診療が終わったら、吉見という新院長に探りを入れてみよう」

尾津は白戸の肩に手を当てた。

4

ポーチの照明が消えた。

午後八時を回っていた。看護師や事務職員たちは、すでに職場を去っている。

小杉整形外科医院内に留《とど》まっているのは、吉見院長だけだろう。

「白戸、院長に会いに行こう」

尾津は相棒に言って、助手席のドアを開けかけた。そのとき、能塚室長から尾津に連絡があった。

「町田のゴルフ場で大きな手がかりを摑んだよ。複数の従業員の証言で、保科が五年数ヵ月前に小杉奈津美と一緒にコースを回ってたことがわかったぜ。女医は表情が冴《さ》えなかったらしいが、経済やくざは嬉々《きき》としてたそうだよ。保科は奈津美の何か弱みを握って、グリーンに連れ出してたんだろう。ひょっとしたら、強引に体を奪ったのかもしれないな」

「能塚さん、美人ドクターが保科潤にウィークポイントを押さえられたことは間違いなさそうですよ」

「尾津・白戸班にも収穫があったようだな?」

「ええ、そうなんです」

尾津は、保科が小杉整形外科医院の理事長に収まっている事実をつぶさに伝えた。

「クリニックの経営権を五年数ヵ月前に手に入れてたのか、経済やくざは」

「事務の女性は、はっきりとそう言ってました」

「その彼女が嘘をつかなきゃならない理由なんてないよな?」

「ええ、ありませんね。これから新院長の吉見諭に会ってみますんで、そのあたりの経緯《いきさつ》は聞けるでしょう」

「そうだな。おれと勝又は赤坂にある保科の事務所に来てるんだが、留守なんだ。しばらく張り込んでみるよ」

「わかりました。おれたちは吉見院長の聞き込みをしたら、成城五丁目にある小杉奈津美の実家に回ります。女医の弟の卓弥が住んでるはずですんで……」

「そうしてくれるか。何か手がかりを摑んだら、おれに電話してくれ」

能塚が通話を切り上げた。尾津は、白戸に電話内容を喋った。

「保科は、女医のどんな弱みを握ったんだろうか。尾津さん、見当つく？」

「あれこれ推測する前に、院長の吉見に会ってみよう」

「そうだね」

白戸が同意した。尾津は先にスカイラインを降りた。白戸が急いで運転席から出る。

二人は小杉整形外科医院の中に入った。

「こんばんは！　警視庁の者ですが、どなたかいらっしゃいませんか？」

白戸が大声で呼びかけた。

すると、奥から白衣をまとった男が姿を見せた。四十歳前後だろう。

「院長の吉見さんですか？」

尾津は警察手帳を短く見せてから、相手に問いかけた。

「はい、吉見です。どういったご用でしょう？」

「先代の院長の小杉奈津美さんが五年前の十月三十日、この近くの廃屋の庭で死体で発見されたことはご存じですね？」

「そのことは、保科理事長から聞きました。享年三十六だったという話でしたから、お気の毒ですよね。あなた方は前の院長の事件の継続捜査をされてるんでしょ？」

「そうです」

「ご苦労さまです。難事件のようですが、一日も早く犯人を捕まえてください」

「力を尽くします。吉見さんは川崎市内の私立総合病院で働いてたそうですね？」

「はい」

「保科さんとは、以前からつき合いがあったんですか？」

「いいえ、そうではありません。前の職場ではハードワークを強《し》いられても、年俸が一千二百万円にも満たなかったんですよ。それで、ぼくは医療スタッフを専門にスカウトしてる人材紹介会社に……」

「登録されてたわけか」

「ええ、そうです。その会社の仲介で、このクリニックの院長になったんですよ。単科医院ですが、年俸二千三百万円を保証してもらえるという条件だったので、思い切って引き抜き話に乗ったわけです。ドクターは自分ひとりだけですけど、一応、肩書は院長ですからね。年俸だけではなく、それも魅力でした」

　吉見がにこやかに言った。

「その若さで院長とは立派ですよ」

「ええ、まあ。でも、雇われ院長ですからね。クリニックの経営をしてるのは保科理事長ですんで、たいした権限はないんですよ」

「前の小杉奈津美院長は二代目だったのに、なんで経営権を手放したんだろうか。その点については、保科理事長、どう説明してました？」

「最新の医療機器を買い揃えたことが医院経営を圧迫するようになったみたいですよ」

「そうですか。ＭＲＩやマルチＣＴを導入したのかな？」

「いや、そういった億単位の機器は購入してませんね。Ｘ線機器なんかはドイツ製の高い物ですけど」

「その程度の医療機器を導入しても、さほど負担にはならないでしょ？」

「クリニックの患者数が多ければ、経営を圧迫はしないでしょう。詳しくはわかりませんが、経営は楽じゃなかったんだと思いますよ。だから、保科理事長に不動産と医療スタッフごと譲渡することになったんでしょう」

「前の院長は二代目だったんだよな。実家は成城五丁目にあって、両親が亡くなってからは長女、次女、長男の三人が遺産を相続したんじゃないかな」

白戸が話に割り込んだ。

「そうなんでしょう」

「亡父が開業したクリニックを遺児たちは普通なら、手放さないんじゃないかな。実家を売ってでも、小杉整形外科医院は存続させそうだがね。長女と長男は、父親と同じ整形外科医なんだからさ」

「姉弟《きょうだい》の仲は、しっくりいってないんじゃないですか。そんなことで、二代つづいた医院を人手に渡すことになったのかもしれませんよ」

「そうなんだろうか。おたく、保科理事長が堅気じゃないと知ってた？」

「えっ、保科さんは裏社会の人間なんですか!?」

吉見が驚きの声をあげた。

「一見、堅気風だよな。けど、素顔はインテリ経済やくざだよ。関東仁友会《じんゆうかい》の中核組織の幹部なんだ」

「まいったな。そうとわかってたら、引き抜き話は断ったのに」

「保科は女経営コンサルタントとつるんで新興企業を乗っ取って、転売で荒稼ぎしてたんだ。その相棒は岩佐真紀という名で、五年前、殺害されてる。猟奇的な殺され方をして、額には〝牝犬《ビッチ》〟という落書きがあった。このクリニックの前院長も同じ手口で殺された。二人の前には、美人キャスターの高瀬彩香が犠牲になってる。おたく、五年前の連続猟奇殺人のことを知らないの？」

「あっ、思い出しましたよ。ええ、そんな事件がありましたね。保科理事長が一連の事件に絡んでるんですか？」

「その疑いはあるな」

「いや、まだわからないんですよ」

尾津は白戸の靴を軽く踏み、吉見に言った。

「そうなんですか」

「われわれがここに来たこと、保科理事長には言わないでほしいんですよ」

「わかりました。理事長は企業を乗っ取って転売で儲けてるという話でしたが、なんで小杉整形外科医院の経営権を第三者に譲渡しないんですかね？　何か思い入れがあったんでしょうか？」

吉見が考える顔つきになった。

「そうなのかもしれませんね」

「保科さんは、前院長に恋愛感情を懐《いだ》いてたんでしょうか。多分、そうなんだろうな。理事長は奥湯河原《おくゆがわら》の露天風呂に二人で浸《つ》かったことがあると自慢げに喋ったことがありましたんでね。だけど、女医は経済やくざから資金援助をしてもらいつづけるのはよくないと考えて親から引き継いだクリニックを手放すことになったんでしょう」

「そうなんですかね。ご協力に感謝します」

尾津は頭を下げ、白戸と一緒に辞去した。

「さっき尾津さんはおれの靴を踏んだけどさ、保科が怪しいわけだから、別に問題はなかったでしょうが？」

「確かに保科は疑わしいよな。だが、おれたちがそう見てることを吉見院長に喋ったら、保科に余計なことを言われるかもしれないじゃないか。その結果、高飛びでもされたら、目も当てられないぜ」

「保科が逃亡する前に、別件で身柄《ガラ》を押さえちゃえば、別に困ったことにはならないでしょ？」

「白戸、よく考えろ。保科は武闘派じゃないんだ。悪知恵が発達してるだろうから、別件で検挙《アゲ》られるようなヘマはやらないよ」

「そうかな」

「捜査線上に怪しい奴が浮上しても、聞き込み先で不用意な発言はするな。殺人捜査は、ヤー公たちの取り締まりとは違うんだ」

「尾津さんよ、いまの言葉は聞き捨てにできないね。確かにおれは暴力団係刑事《マルボウ》上がりだけどさ、単細胞《マルタン》ってわけじゃない。おれを無能扱いするなら、コンビを解消してもらってもいいんだ」

「ガキみたいなことを言ってるんじゃないよ」

「だけどさ、おれ、傷ついちゃったから」

「どうしたいんだ？」

「一発、ぶん殴らせてよ」

「それで気が済むんだったら、好きにしろ」

「ああ、わかった」

白戸が前に回り込み、右のロングフックを放った。

尾津は左手で白戸の利き腕を払い、ボディーブロウを見舞った。手加減したつもりだったが、白戸は胃《ストマック》に両手を当てて長く唸《うな》った。唸りは長かった。

「隙《すき》ありだな」

「汚いじゃないか。一発殴らせると言いながら、反撃するなんてさ」

「おまえに甘さがあることを教えてやったんだ。いい勉強になっただろうが？」

「ああ。礼を言うよ」

「いつになく素直じゃないか」

尾津は頬を緩《ゆる》めた。次の瞬間、白戸が強烈なアッパーカットを繰り出した。

躱《かわ》せなかった。顎の骨が鈍《にぶ》く鳴った。尾津はのけ反《ぞ》った。体のバランスを崩したが、倒れずに済んだ。

「尾津さん、悪い！　反射的に手が出ちゃったんだ」

「いいパンチだったよ。刑事としては修業が足りないが、殴り方はパーフェクトだ」

「舌を嚙まなかった？」

「大丈夫だ。これで、遊びの時間は終わりだ。白戸、成城の小杉宅に行くぞ」

「了解！」

白戸が屈託《くったく》なく応じ、スカイラインに走り寄った。尾津は小さく笑って、助手席に乗り込んだ。

白戸が覆面パトカーを発進させる。

小杉宅に着いたのは、数十分後だった。邸宅街の一画にあった。敷地が広く、二階建ての家屋も大きい。電灯が点いている。小杉卓弥は帰宅しているようだ。

白戸がスカイラインを小杉邸の大谷石《おおやいし》の塀《へい》の際《きわ》に停めた。尾津は先に車を降りた。相棒を待って、小杉宅の門の前まで進む。

白戸がインターフォンを鳴らした。

ややあって、スピーカーから男の声で応答があった。

「どちらさまですか？」

「警視庁捜査一課で、五年前の事件を継続捜査してる者です。おたくは小杉卓弥さんでしょ？」

「ええ。姉の事件では、世田谷署と警視庁の刑事さんに何もかも話しましたよ。それなのに、まだ事件は解決してない。警察はちょっと怠慢《たいまん》だと思います」

「厳しいお言葉だな。これまでの捜査で手を抜いたわけじゃないんだが、残念ながら、まだ犯人の絞り込みはできてない。うっとうしいだろうけど、再聞き込みに協力してほしいんですよ」

「わかりました。どうぞお入りください」

「お邪魔させてもらうね」

白戸が門扉《もんぴ》を押し開けた。

コンビは踏み石をたどって、広いポーチに上がった。ちょうどそのとき、玄関のドアが開けられた。小杉卓弥は軽装だった。目のあたりが姉の奈津美に似ている。

尾津たちは、玄関ホールに接した応接間に通された。

二十五畳ほどのスペースだ。家具や調度品はいかにも値が張りそうだった。応接セットは外国製だろう。

「独り住まいなので、何もてなしができなくて、すみません。どうぞお掛けください」

小杉が来訪者を重厚なソファに坐らせ、尾津の前に坐った。

「早速ですが、確認させてください。お父さんが開業されたクリニックは奈津美さんが亡くなられる前に理事長が代わったんですね？」

尾津は質問した。

「ええ、そうです。姉は医師としては優秀でしたが、経営能力はあまりなかったんですよ。貧しい患者には、治療費は余裕ができたときに払ってくれればいいなんて言ってました。そんなことで、死ぬ一年前ぐらいから赤字でした。保科さんから金を借りないと、医院を回せなくなってたんですよ」

「これまでの調べで、保科氏が右腕を骨折して通院してたことがわかりました。そのとき、氏は医療ミスがあったと難癖をつけて、お姉さんに共同経営をしないかと持ちかけてる。そのことは、奈津美さんから聞いてるでしょ？」

「そんなことがあったんですか⁉　姉は妹弟《きょうだい》にそのことをまったく話してくれませんでした。長女ということで、子供のころから下の姉やぼくには決して弱い面を見せなかったんですよ。周《まわ》りの人たちから、しっかりしてる長女だと見られてたからなんでしょう」

「そうなのかもしれないな。お姉さんは保科氏の申し出を受け付けなかったんですよ。それで、裁判を起こされたんです。奈津美さんは法廷で白黒をつける気になって、元検事の椎名優弁護士の力を借りたんです」

「それも知りませんでした。そうだったんですか」

小杉卓弥が小さな溜息をついた。

「その後、保科氏は告訴を取り下げてます。おそらく椎名弁護士の勧《すす》めで、双方が和解することになったんでしょう。民事裁判は費用がかかりますんでね。保科氏はクリニックを再建させたくて、出資したんだと思われる。しかし、うまくいかなかった。で、氏は自分がクリニックを買い取り、本格的に経営に乗り出したんでしょう」

「長女の奈津美は、妹弟《きょうだい》に何も相談しないで父親から継いだ小杉整形外科医院を独断で売ってしまったんですよ。父が亡くなったとき、長女がクリニックの土地や建物など一切《いっさい》を相続したんで、文句は言えないんですがね。しかし、ぼくも同じ整形外科医なんです。相談してもらいたかったですよ」

「お気持ち、わかります。下のお姉さんの華恵さんにも、奈津美さんは相談しなかったんですか」

「何も相談されなかったと言ってました。小さいころから、長女と次女はあまり仲がよくなかったんです。上の姉は優等生タイプですが、下の姉は遊び好きだったんですよ。どうしても波長が合わなかったんです。医院を長女が手放したときは、下の姉、とっても残念がってました。でも、長女のクリニックでしたんで、文句は言いませんでしたけどね。両親が他界したとき、長女は実家の相続権を放棄してるんです」

「ということは、この家の土地と建物は華恵さんと卓弥さんの二人が相続したんですね？」

「そうです。長女の事件の犯人が逮捕されたら、この家を処分して下の姉とぼくで相続税を払った後の遺産を分けることになってるんです」

「そうなったら、卓弥さんはいつでも開業医になれますね」

「いいえ、それは無理です。開業するには最低三億円が必要なんですよ。ぼくが手にできる遺産は一億弱でしょう。ずっと勤務医をやることになると思います。長女が父のクリニックをぼくに任せてくれたら、開業医になれたかもしれませんけど」

「奈津美さんと大物弁護士とは昔からのお知り合いなんですか？　椎名優氏は、お父さんとつき合いがあったんですかね？」

尾津は訊いた。

「そういう話は聞いたことありませんね。上の姉は以前、異業種交流パーティーによく出席してましたんで、元検事の遣《や》り手《て》弁護士とそういう場で知り合ったんでしょう。多分、そうだと思うな」

「下のお姉さんは元キャビン・アテンダントでしょ？」

白戸が小杉卓弥に話しかけた。

「ええ、そうです」

「独身ですよね？」

「はい。ぼくとは二つ違いですんで、いま三十五です。でも、結婚しそうもないな。下の姉貴は多情というのか、いつも恋愛してたいタイプなんですよ。悪い男に引っかかったりしたんですが、懲《こ》りないみたいです。現在は西麻布《にしあざぶ》でダイニングバーを経営してる男と交際してるようですが、詳しいことはわかりません。上大崎《かみおおさき》のマンションに住んでるんですが、実家には年に一、二度しか顔を出さないんですよ」

「姉弟《きょうだい》は特に仲がいいわけじゃないんだ？」

「ま、そうですね。照れがあって、どっちもつい素っ気ない態度を取っちゃうんですよ。それなりにお互いに家族に対する愛情は感じてるんですけどね」

「大人になったら、みんな、そんな感じじゃないのかな」

「そうなんでしょうね」

小杉卓弥が口を閉じた。

それを汐《しお》に尾津たちは暇《いとま》を告げた。表に出ると、暗がりで人影が揺れた。誰かに尾行されていたのか。

尾津は闇を透《す》かして見た。

もう不審な人影は消えていた。気にはなったが、尾津は深追いしなかった。

「今夜の捜査はここまでにして、尾津さん、どこかで晩飯を喰おうよ。おれ、腹ペコなんだ」

白戸が言った。

「そうするか。ついでに、一杯飲《や》りたいな」

「ジャンケンで勝ったほうが飲める。負けたほうはハンドルを握る。そういうことで、どう？」

「いいだろう」

二人は、すぐにジャンケンをした。負けたのは白戸だった。

「不貞腐《ふてくさ》れるなって。覆面《メン》パトを本部庁舎に戻してから、二人とも飲もう」

尾津は相棒の分厚い肩に腕を回した。

第三章　美女たちの私生活

1

やたら欠伸《あくび》が出る。

頭も重い。二日酔いだった。

尾津は本部庁舎五階の分室のソファに坐り、煙草を吹かしていた。

昨夜は本部庁舎に戻ってから、白戸と酒場を四軒も飲み歩いた。タクシーで中目黒の自宅マンションに帰ったのは、午前四時過ぎだった。

尾津は、すぐベッドに潜り込んだ。寝入って小一時間が流れたころ、消防車のサイレンに眠りを破られた。

出火したのは、七、八軒離れた民家だった。延焼することはなさそうだったが、やはり落ち着かなかった。うつらうつらするだけで、熟睡はできなかった。

過ぎだった。

尾津は仕方なく早起きして、メンバーで最初に登庁したのである。まだ午前八時二十分

短くなったセブンスターの火を消していると、勝又主任がやってきた。

「おっ、早いね。きみが一番乗りなんて珍しいな」

「消防車のサイレンに安眠を破られちゃったんですよ」

「そういうこと、たまにあるよね。暴走族《マルソー》のバイクの爆音で起こされたりすると、ものすごく腹立つよな」

「そうですね。室長と何時ごろまで保科のオフィスを張ってたんです？」

尾津は訊いた。

「十時までだよ。対象者《マルタイ》の神宮前の自宅に回ったんだが、部屋は真っ暗だった。それで、昨夜《ゆうべ》は捜査を切り上げることになったんだ。きみらは、どうだったの？」

勝又が正面のソファに腰を沈める。尾津は前日のことを話した。

「保科には、岩佐真紀と小杉奈津美の二人と接点があるとわかったのか。経済やくざが怪しいね。それにしても、捜査本部と二係の本家の連中は聞き込みがラフだな。もっと早く二人の被害者と保科に接点があることがわかってれば、とっくに事件は落着してたと思うよ」

「まだ保科を重要参考人と思うのは、早計でしょ？　高瀬彩香との接点の裏付け《ウラ》を取った

わけじゃありませんからね」

「でも、保科と彩香には接点があるにちがいないよ。ぼくは、そう睨んでる」

「そうですか。勝又さん、きのうは疲れたでしょ？」

尾津は訊《たず》ねた。

「能塚室長が常に横にいたんで、気が休まらなかったよ。独歩行でも、ちゃんと職務を果たすのにな。上司に信用されてないのは、悲しいね。短気な人間なら、依願退職するだろうな」

「そうですかね」

「でも、ぼくは警視庁《カイシャ》を辞めたりしないよ。安定した収入があるから、アイドルたちを応援できる。そうだ、きみに〝ももいろクローバーZ〟の新曲をプレゼントしよう。リュックの中に二十五、六枚、CDが入ってるんだ」

「おれはジャズやロックしか聴かないから、せっかくですが……」

「ノーサンキューか」

「すみません。誰か他の人にCDを上げてください」

「試聴してみてよ。ユニットの五人は、歌とダンスに真剣に取り組んできたんだ。ルックスだけのアイドルたちとは違うんだよな。だから、幼稚園児からお年寄りまで幅広く支持されてる。若いけど、それだけの実力があるわけさ」

「申し訳ないけど、〝ももいろクローバーZ〟のファンにCDを上げてください」

「ファンは、すでにCDを買って持ってるよ。ぼくは、もっとファン層を拡げたいと思ってるんだ。きみも一度CDを聴けば、たちまちファンになるよ。とにかく元気一杯で、こちらも前向きな気持ちになれるんだ。CD、貰ってよ」

勝又が椅子の横に置いてあるリュックサックを摑み上げ、腿《もも》の上に置いた。そのとき、能塚室長が分室に入ってきた。

勝又が慌ててリュックサックを床に戻し、愛想笑いをする。尾津は、タイミングよく入室した室長に感謝したい気持ちだった。歌唱力云々《うんぬん》ではなく、どのアイドルグループにもまったく関心がなかった。

「きのうは、空振りに終わっちまったな。でも、勝又、腐るなよ。捜査は無駄の積み重ねなんだ。地道な努力が大切なんだよ」

「おっしゃる通りですね。きのうで気持ちを引き締めたんで、きょうはこれまで通りに単独で……」

「いや、まだ当分はおれと組んでもらう」

「そ、そんな殺生《せっしょう》な」

「おれのやり方が気に入らないんだったら、本家に引き取ってもらおう。大久保ちゃんは困るだろうがな」

「室長、分室にいさせてください。お願いします」

「勝又がそう言うなら、おれがおまえの面倒を見てやる。ただな、聞き込みや張り込み中にスマホを覗くのはやめてくれ。気が散るんだよ」

「気をつけます」

「保科が自宅にも帰らなかったことは、もう勝又から聞いたよな？」

能塚が尾津に声をかけてきた。

「ええ、主任から伺いました」

「クリニックの新院長や小杉卓弥から何か手がかりは得られたのか？」

「ええ、ちょっとね」

尾津は詳細を伝えた。

「そうか。保科をマークすべきだな。経済やくざは、美人キャスターの男性関係を調べ上げて口止め料をせびってたんじゃないかね。高瀬彩香は際限《さいげん》なく強請《ゆす》られたんではかなわないと考え、逆に保科の弱みを握って反撃に出たのかもしれないぞ。尾津、どう思う？」

「考えられないことじゃないと思います」

「そうだよな。そうだったとしたら、保科潤が誰かに三人の女性の口を封じさせた疑いが一段と濃くなるわけだ。手分けして、奴の事務所と自宅マンションを張ろう」

能塚が言って、自席についた。

それから間もなく、白戸がアジトに現われた。瞼《まぶた》は腫《は》れていない。相棒はたっぷり睡眠を取ったようだ。

「巡査部長のおれが重役出勤じゃ、ちょいとまずいね」

白戸は笑いでごまかし、尾津のかたわらに坐った。

「保科はきのうの晩、赤坂の事務所にも神宮前の家《ヤサ》にも戻らなかったらしいよ」

尾津は、勝又主任から聞いた話を白戸に伝えた。

「保科は捜査の手がてめえに伸びてくる予感を覚えて、逃《フ》げる気になったんだろうか。それとも、つき合ってる女とホテルにしけ込んだのか」

「どちらとも考えられるな」

「おーい、白戸！　みんなにコーヒー、いや、日本茶を淹《い》れてくれ」

室長が命じた。白戸がソファから立ち上がって、ワゴンに歩み寄った。ワゴンには、コーヒーメーカー、急須《きゅうす》、ポットなどが載っている。

巨漢刑事が背を丸めて、手早く四人分の緑茶を淹れた。メンバーは思い思いに日本茶を啜《すす》りはじめた。

数分後、大久保係長が分室に入ってきた。

「能塚さん、保科潤が一連の事件に関与してる疑惑が出てきましたよ」

「本家の担当管理官が何か新事実を摑んだようだな」

室長が椅子から立ち上がって、大久保の前まで歩いた。尾津は耳に神経を集めた。

「保科は、『ニュースコラム』のサブキャスターをやってた高瀬彩香が前編成局長だった竹脇と不倫関係にあったことを嗅ぎつけ、彼女に架空の投資話を持ちかけて、一千万円を騙し取った疑いがあるらしいんですよ。その金は現金で受け取ったようだが、保科は預かり証も高瀬彩香に渡さなかったんだから、恐喝です」

「その話は、どこから証言を得たのかな？」

「彩香の同僚のアナウンサーの証言だそうです。竹脇に相談することなく、被害者は自分で金を工面したようですね。竹脇が重役たちに働きかけてくれたんで、高瀬彩香はサブキャスターになれたわけです。それなりの恩義は感じてたんでしょう」

「そうなんだろうね」

「彩香はサブキャスターになってから、『博通堂』の城田専務に乗り換えたわけですが、保科はその件でも恐喝を働いたようです。今度は口止め料として、二千万円を要求したみたいなんですよ」

「そんな大金、彩香自身だけでは都合つけられないんじゃないの？ 大久保ちゃん、彩香は城田賢一郎に相談したんじゃないのかね？」

「ええ、その通りです。城田専務は二千万円を用立ててやったことを認めたそうです」

「そう。保科の要求は、それで終わったわけじゃないんだろ？」

「さすが能塚さんだな。保科は城田からもっと高額を毟ることを企《たくら》んだらしく、彩香にパトロンとの情事の音声を録音しろと命じたようなんですよ」

大久保が言った。

「その話の証言者は、同僚アナウンサーなんだね？」

「そうです。彩香は、保科の要求を突っ撥《ば》ねたらしいんですよ。それだけでなく、保科の悪事を警察に洗いざらい話すと逆襲したんだそうです」

「保科を重参（重要参考人）と目《もく》してもいいだろう。おれたちの調べで、経済やくざには岩佐真紀と小杉奈津美とも接点があったことがわかったんだよ」

能塚が詳しいことを語った。

「室長、分室で保科を徹底的にマークしてください」

「あいよ。捜査資料によると、保科には内縁の妻がいたはずだな」

「そうですね。相葉洋子《あいばようこ》という宝石ブローカーでしたが、内妻は二年前に交通事故で亡くなりました」

「そう。現在の情婦《おんな》は？」

「田代《たしろ》ちはるという名で、元クラブホステスです。現在、二十九だったかな。ちはるは、銀座八丁目で『細雪《ささめゆき》』というスタンド割烹の女将をやってます。もちろん、店のオーナーは保科です」

「その店に保科はよく顔を出してるんですか？」

尾津は大久保係長に訊《たず》ねた。

「月に一、二回しか店には行ってないらしいよ。パトロンが店に入り浸ってたら、常連客は増えないだろう。女将目当てに通ってる中年男が多いはずだからね。ちはるは和風美人で、着物がよく似合ってるんだってさ」

「そうですか。係長、田代ちはるの自宅はどこにあるんです？」

「月島三丁目の『月島スカイパレス』の八〇八号室に住んでるらしい。保科は週に一度ぐらいの割で愛人宅に泊まってるみたいだよ」

「事務所や自宅マンションにいなかったら、ちはるの部屋にいそうだな。もっとも保科が一連の殺人事件の主犯なら、愛人宅なんかに身は潜めないでしょうがね」

「とにかく、保科に張りついてみてほしいんだ」

「本家の誰かが保科をマークしてるのかな？」

能塚が大久保に訊いた。

「いいえ。ほかの事案で手一杯なんで、誰も……」

「そう。なら、分室のメンバーだけで保科潤を追い込むよ」

「よろしくお願いします」

大久保が能塚に頭を下げ、分室から出ていった。

「さて、どう割り振るか」

能塚が腕を組んだ。勝又が口を開いた。

「二班に分かれたら、ノーマークの場所が出てきますよね。保科の自宅、オフィス、銀座のスタンド割烹、田代ちはるのマンションの四ヵ所に張りつかなきゃならないわけですから。室長、ぼくら四人は一ヵ所ずつに張りつきましょうよ」

「四ヵ所に散ることはないだろう。おれと勝又は、ちはるの自宅マンションに行こうや」

「えっ!?」

「何か不満か?」

「いいえ、別に」

「単独で四ヵ所を張り込んだら、保科に逃亡される恐れがあるじゃないか」

「ええ、まあ」

「だから、おれたち二人は保科がいそうな場所を探《さぐ》る。勝又をひとりにしたら、張り込みそっちのけでアイドルグループの動画を再生しそうだからな」

「室長、部下を信じてくださいよ。人間関係で最も大切なのは、相互の信頼でしょ?」

「そうだな。おれは、まだ勝又を信頼してないんだ」

「なんなら、ぼくのスマホを室長に預けてもかまいません」

「スマホがなくなっても、みずいろクローバーZのCDを聴いたり、関係グッズを眺めることは可能じゃないか」

「室長、ももいろです」

「え？　何が？」

「ユニット名が間違ってます！」

「たいした違いじゃないだろうが」

「大違いですよ。みずいろクローバーZじゃ、なんか語感が冷たすぎるでしょ？　やっぱり、ももいろクローバーZじゃないと、愛らしさが伝わってきませんよ」

「どっちでもいいじゃないか」

「よくありません」

「勝又、おまえ、いくつなんだ？」

「四十二です。それが何か？」

「この野郎、開き直りやがって」

室長が軽く舌打ちした。漫才めいた遣《や》り取《と》りを聞いていた白戸が笑いを堪《こら》えられなくなって、ついに噴《ふ》きだした。思わず尾津も笑ってしまった。

「おれは室長なんだ。勝又は、おれと組む。いいな？」

「わかりました」

「なんだ、その脹《ふく》れっ面は。いくら少女好きでも、中年男が頬を脹らませたら、見苦しいだけだ」

「能塚さんは、ぼくのことが嫌いなんですね」

「十代の女の子みたいなことを言うな。勝又、おまえ、頭は大丈夫なのか？　どこか配線がおかしくなったんじゃないのかね。なんだったら、早退《び》けして病院に行くか？」

「そこまでからかうことはないでしょっ」

勝又が憤然と立ち上がった。

「病院に行くのか？」

「おしっこです！」

「そうか」

能塚が、にっと笑った。勝又が刑事部屋から出ていった。その背には、怒りがにじんでいた。

「室長、茶化しすぎですよ。あそこまでからかったら、主任もキレちゃうと思うな」

尾津は言った。

「あいつ、本気で腹を立てたんだろうか」

「ええ、多分ね」

「なら、後で謝っておこう。前にも言ったが、勝又のことを無能と思ってるわけじゃないんだ。少し頼りないが、あいつはばかじゃない。使命感に目覚めれば、持ち前の能力を発揮してくれるだろう」

「そうでしょうね」

「勝又の風変わりな趣味を取り上げるわけにはいかない。仕事に意欲を出せるような妙案はないかね？　尾津、知恵を貸してくれないか」

「とっさには思いつかないですね」

「そうか。白戸はどうだ？」

「いい手がありますよ」

「どんな？」

「十代に見える女性警察官を分室のメンバーに回してもらうんですよ。そうすりゃ、勝又主任はやる気を出すでしょう」

「ベビーフェイスの女刑事がどこかにいたっけな？」

「室長、冗談ですよ。そのうち勝又さんも、アイドルユニットに飽《あ》きるでしょう。それまで黙って見てるほかないと思うな」

「そうかもしれないな。おまえら二人は、保科の事務所に張りついてくれないか」

「わかりました」

尾津は短い返事をして、緑茶を飲み干した。

高飛びされてしまったのか。

悪い予感は膨らむ一方だった。尾津は覆面パトカーの助手席で、長嘆息した。

スカイラインは、赤坂七丁目の裏通りに駐《と》めてある。斜め前の雑居ビルの五階に保科潤はオフィスを構えていた。『共和エンタープライズ』という大きなプレートが掲《かか》げられているが、社員はたったの三人しかいなかった。

いずれも二十代後半で、素っ堅気に見えた。就職活動がうまくいかなくて、やむなく怪しげな会社に入ったのだろう。

尾津は張り込む前に小企業の経営者を装って、『共和エンタープライズ』を訪れた。だが、保科はオフィスにいなかった。保科の居所を知る社員はいなかった。

2

尾津は白戸と車の中で張り込みはじめた。

それから、長い時間が虚《むな》しく流れた。黄昏《たそがれ》の気配が迫っていた。

張り込んで数十分後、能塚室長から尾津に電話があった。保科は、月島の愛人宅にもいないという話だった。

「案外、保科は神宮前の自宅マンションで息を潜めてるんじゃないの?」

ステアリングを両手で抱き込んだまま、白戸が低く言った。

「犯罪者が意表を衝《つ》く行動を取ることはあるが、それは考えられないな」

「そうか。ひょっとしたら、保科は『細雪』が閉店になってから、小上がりで仮眠を取ってるんじゃないのかな。それで板前が来る前には、別の所に移動してるんじゃないの？　昼間は喫茶店、サウナ、レンタルルームなんかで時間を潰《つぶ》して、深夜に銀座のスタンド割烹に戻る。保科はそうしながら、警察の動きを探《さぐ》ってるんじゃないのかな？」

「まだ高飛びはしてない？」

「そう思うね。国内のどこかに逃げても見つかる確率が高いでしょ？」

「そうだな」

「国外逃亡するには、それなりの準備をしなきゃならないからね。それにさ、国外に逃げる気なら、愛人《レコ》の田代ちはるを連れてくんじゃないの？　銀座のスタンド割烹を任せてるぐらいだから、経済やくざは結構、ちはるに惚れてるんでしょ？」

「そうなんだろうな。しかし、店を営業してる間は別の場所に隠れなきゃならないなんて、面倒じゃないか」

「そうですけどね」

「白戸、保科は足《ゲソ》をつけてる関東仁友会権藤《ごんどう》組の事務所か、権藤組組長宅に匿《かくま》われてるとは考えられないか？」

「それ、ビンゴかもしれないね。組事務所は赤坂五丁目にあって、権藤正人《まさと》組長の家《ヤサ》は神《かみ》谷町《やちょう》にあるんだよな」

「能塚さんの許可を取らないとまずいんだろうが、おまえ、タクシーを使って組事務所と組長宅の様子を見てきてくれないか。おれは、ここで張り込みつづける」

「了解です！　それじゃ、おれはちょっと行ってくるわ」

「ああ、頼む」

尾津は言って、助手席から出た。白戸がスカイラインを降り、表通りに向かって駆けはじめた。

尾津は覆面パトカーの運転席に入った。

セブンスターを喫《す》っていると、能塚から電話がかかってきた。

「尾津、特に動きはないんだな？」

「ええ、ありません」

「そうか。少し前に田代ちはるは自宅マンションを出て、行きつけらしい美容室に行ったよ。髪をセットしてもらったら、銀座の店に向かうんだろう。おれたちは『細雪』に行くことになりそうだ。張り込み場所を離れた後、保科がちはるの部屋にスペアキーで入る可能性はゼロじゃないが、いったん離脱するからな。ひょっとしたら、保科が店から愛人《レコ》をどこかに呼び出すかもしれないからさ」

「それからな、少し前に大久保ちゃんから連絡があったんだ。保科は正規ルートでは国外に出てないことが判明したそうだよ。経済やくざは、まだ首都圏のどこかにいるんだろう」

「そうですね。わかりました」

「もう一つ尾津に伝えておかなければならないことがあったな。大久保係長は、保科を恐喝容疑で逮捕する準備中だと言ってた。『博通堂』の城田専務が高瀬彩香に二千万円を用立ててやった理由を明らかにしたんで、立件は可能だからと……」

「ええ、多分ね」

「おれも抵抗はあるが、一連の殺人事件の物証が揃ってるわけじゃない。別件で取りあえず保科の身柄《ガラ》を押さえるほかないからな。今回は仕方ないだろう」

「別件で引っ張るのか」

「そうですね。室長、勝又さんの機嫌は直ったんですか？」

尾津は訊いた。

「ああ。おれが詫びたら、いつも通りの顔つきになったよ」

「それはよかった。能塚さん、お詫びに例のアイドルユニットのCDを貰って、主任と一緒にライブ会場に出かけてもいいんじゃないですか」

「勘弁してくれ。そういうわけだから、おれたちは銀座に移動することになりそうだ」

能塚室長が電話を切った。尾津は、折り畳んだモバイルフォンを上着の内ポケットに戻した。

そのすぐあと、金髪の白人女性がスカイラインに駆け寄ってきた。肉感的な肢体《したい》で、マイクロミニのスカートを穿《は》いている。いまにもパンティーが見えそうだ。

尾津はパワーウインドーを下げた。

「何か用かな？」

「あなた、カッコいいね。ほんとにクールよ」

相手が癖のある日本語で答えた。

「アメリカ人かい？　それとも、イギリス人かな」

「わたし、オーストラリア人です。三年前から、日本でモデルの仕事してる。でも、太ったら、オファーが少なくなった。生活、大変です」

「だから？」

「あなた、ゲイじゃないでしょ？」

「おれはノーマルだよ」

「それなら、わたしとメイクラブしない？　五万円くれたら、どんなサービスもする。アナル・セックスもオーケーね。わたし、マギーといいます。あなたの名前、知りたい」

「きみはセクシーだが、寝るわけにはいかないんだよ」

「五万円は高すぎる？　オーケー、四万円でもいいよ。でも、ホテル代はあなたが払って。それで、どう？」

「おれは刑事《コップ》なんだよ。ほかの男を誘うんだな」

「あなた、面白い！　わたしもジョークは好きね」

「ジョークじゃないんだ」

尾津は懐から警察手帳を抓《つま》み出し、顔写真をマギーと名乗った相手に見せた。マギーが大仰《おおぎょう》に肩を竦《すく》め、走って逃げていった。

尾津はパワーウインドーを上げた。

それから十分ほど経《た》ったころ、白戸が電話をかけてきた。

「対象者《マルタイ》は組事務所にはいなかったね。いま、権藤の家《ヤサ》にタクシーで向かってるんだ」

「そうか。組長宅に保科が匿《かくま》われてなかったら、すぐ赤坂に戻ってきてくれ」

「何か動きがあったのかな？」

「こっちに変化はないんだが、室長と主任は銀座の『細雪』に移動予定だそうだ」

尾津は経緯を手短に伝えた。

「室長が言ったように、保科は愛人の田代ちはるを店の外に呼び出すかもしれないな」

「そうなら、保科に迫れるんだが……」

「保科が組長宅にいないとわかったら、おれ、すぐタクシーで赤坂に戻る」

通話が終わった。

尾津は雑居ビルの出入口に視線を注《そそ》いだ。

何分か経過すると、ビルから三人の男がひと塊《かたまり》になって現われた。『共和エンタープライズ』の社員たちだった。仕事を片づけ、家路につくのだろう。

保科は、社員がいなくなったオフィスに姿を見せるかもしれない。尾津は目を凝《こ》らした。

十数分後、またも白戸から電話連絡があった。

「尾津さん、保科は組長宅にいたよ。生垣の隙間から庭を覗き込んだら、権藤と保科が池の錦鯉を眺めてた。庭園灯の光で顔ははっきり見えたんで、間違いないですよ」

「わかった。車をそっちに回す。組長宅は地下鉄神谷町駅のそばにあるのか？」

「そう。円錐型《えんすいがた》のオフィスビルと高層ビルに挟まれた数寄屋《すきや》造りのでっかい邸宅だから、すぐわかると思うよ」

「そうか」

「室長に報告して、二班は組長宅の前で合流するんだね。あっ、待てよ。おれが組事務所と権藤の自宅の様子をうかがうこと、能塚さんに伝えてなかったんでしょ？」

「ああ。多分、どっちにも保科はいないだろうと思ってたんでな」

「なら、おれたち二人《ニンドウ》だけで保科に任意同行を求めようよ」

「白戸、それはまずいな。おまえは組長宅に保科がいることを視認《しにん》したんだから、室長に黙ってるわけにはいかないよ」

「能塚さんに怒られそうだな、報告を怠ったんでさ」

「それは覚悟してるよ。室長に声をかけてから、権藤の自宅に行く。おまえは人目のつかない所で待っててくれ。白戸、先走ったことをするなよ」

尾津はいったん終了キーを押し、能塚の携帯電話を鳴らした。スリーコールの途中で、電話が繋がった。

「保科は、権藤組長宅に匿われてました。おれは、白戸にタクシーで様子を見に行かせたんです」

「そうか」

「事前にそのことを相談しなかったことを反省してます」

「ま、いいさ。おれは別に部下に軽く見られたなんて僻《ひが》んだりしないよ。おれたち二人も神谷町に向かう」

室長の声が途絶えた。

尾津は携帯電話を所定の場所に戻し、スカイラインを発進させた。サイレンは鳴らさなかった。

二十分足らずで、組長宅に着いた。

白戸は暗がりにたたずんでいた。尾津は覆面パトカーを権藤邸の先のマンションの際《きわ》に寄せた。白戸がさりげない足取りで車に歩み寄ってきて、助手席に腰を沈めた。

「尾津さん、室長に怒られなかった？」

「ああ、叱られなかったよ。まだ保科は組長宅にいるな？」

「六、七分前に権藤と一緒に家の中に入ったんだ。出入口は一ヵ所だけしかないから、建物の中にいることは間違いないですよ」

「そうか。室長と主任も、間もなく到着するだろう」

「別件の令状《オフダ》はまだ裁判所から下《お》りてないわけだから、おそらく保科は任意同行を拒むだろうね」

「だろうな」

「おれ、保科の前でわざと転んでもいいよ。そうすりゃ、公務執行妨害で緊急逮捕できるでしょ？」

「公安や組対の連中はそういう反則技をよく使うが、個人的にはそれは避けたいな。能塚室長も、同じ気持ちだろう」

「尾津さん、保科は堅気《ネス》じゃないんだよ。善良な市民に反則技を使うわけじゃないんだから、優等生ぶることはないでしょ？　綺麗事を言ってたんじゃ、捜査は進まない。担当事案は迷宮《オミヤ》入りになりかけてるんですよ。一日も早く真犯人《ホンボシ》を検挙《アゲ》ることを最優先すべきじゃないの？　おれは、そう思うね」

「そうなんだが、姑息な手段を使ったら、後味が悪いだろうが？」

「刑事道に反していても、早く犯人《ホシ》を捕まえるべきですよ」

「室長の指示に従おうじゃないか」

尾津は言った。白戸は何か言いたげだったが、口は閉じたままだった。
七、八分が経《た》ったころ、スカイラインの二十メートルほど後方に灰色のプリウスが停まった。運転者は勝又だった。能塚は助手席に坐っている。
「プリウスに移ろう」

尾津は相棒に言って、先に車の外に出た。白戸もスカイラインを降りた。

二人は素早くプリウスの後部座席に乗り込んだ。

「室長、保科にストレートに任意同行を求めます？」

勝又が言った。

「別件容疑の令状は出てないからな、そうするほかないだろうな。四人で権藤宅を訪ねたら、相手は態度を硬化させる」

「そうですね。ぼくひとりが訪ねてもいいけど、童顔だから、凄みに欠けるしな。部屋住みの若い衆に軽くあしらわれそうだ」

「要するに、勝又はヤー公が苦手なんだろ？」

「ま、そうですね。といっても、ぼく、ビビってるわけじゃありませんよ。腕力に自信があるほうではないけど、現職の警察官です。やくざどもが威《おど》しをかけてきても怯《ひる》んだりしませんよ」

「だったら、勝又に任意同行《ニンドウ》を求めてもらおう」

「えっ⁉」

「そんなにびくつくな。冗談だよ」

「室長は人が悪いな。あんまり心臓にショックを与えないでください。ここは、組対《そたい》にいた白戸君に大役を果たしてもらいましょう。白戸君は筋者っぽい印象だから、部屋住みのチンピラたちは気圧《けお》されるはずですよ」

「白戸だけじゃ、権藤組の連中を刺激することになるだろう。尾津と一緒に行ってもらうか」

「いいですよ」

尾津は快諾《かいだく》した。

「それじゃ、よろしくな。何があるかわからないから、丸腰じゃないほうがいい。おまえたちは拳銃を携行してるんだろ?」

能塚が問いかけた。尾津は黙ってうなずいた。

ショルダーホルスターには、シグ・ザウエルP230が収まっている。日本でライセンス生産されている中型ピストルだ。マガジングリップには、七発の実包《じっぽう》を装塡《そうてん》できる。予《あらかじ》め初弾を薬室《チェンバー》に送り込んでおけば、フルで八発撃つことが可能だ。

「白戸も武装してるな」

「ええ。おれは初弾をチェンバーに送ってあるんで、フル装弾数は八発です。組の者が発砲してきたら、肩か脚《あし》に銃弾を撃ち込んでやる」

「その前に必ず天に向けて一発は威嚇《いかく》射撃しろ。でないと、過剰防衛の疑いをかけられるからな」

「わかってますって」

「おれと勝又は、門の近くで待機してる。何かあったら、おまえたちをバックアップするよ」

「では、行ってきます」

尾津は能塚に言って、相棒を目顔で促した。

二人はプリウスを降り、権藤邸の前まで歩いた。冠木門《かぶきもん》風の造りの大きな門扉《もんぴ》があり、潜り戸があった。防犯カメラが三台も設置されている。

尾津はインターフォンを響かせた。

少し待つと、若い男の声がスピーカーから流れてきた。

「警視庁の者だ」

「家宅捜索？」

「そうじゃないから、安心してくれ。権藤組長にちょっと訊きたいことがあるんだ。組長に取り次いでくれないか」

「おたくさんは組対四課か、五課の方なんでしょ？」

「捜査一課の尾津という者だ」

「横にいるのは、暴力団係《マルボウ》刑事なんでしょ？」

「いや、おれと同じ捜一の人間だ」

「えっ、そうなんですか⁉　モニターに映ってる姿で、てっきり組対の刑事か……」

「どこかの組員と思ったんだろうな」

「ええ、まあ。少々、お待ちください。いま、組長《オヤジ》さんに話を伝えますんで」

「よろしく！」

尾津は応じて、白戸の横顔を見た。複雑な笑みを拡《ひろ》げていた。苦笑にも見えるが、自嘲とも受け取れた。

三分ほど待つと、潜り戸が開けられた。斜め後方にいる室長と主任が中腰になって、横に隠れた。

「おたくさんたちにお目にかかるそうです」

丸坊主の若い男が顔を出した。二十二、三か。両方の眉《まゆ》を剃《そ》り落としているが、さほど凄みはない。白いスウェットの上下を身につけている。

「応対したのは、きみか」

尾津は確かめた。

「そうっす」

「ここじゃ暗くて警察手帳はよく見えないな。後で見せてやろう。それでいいだろ？」

「ええ。どうぞこちらです」

若い衆が先導しはじめた。尾津・白戸コンビは長い石畳をたどり、広い玄関の三和土《たたき》に入った。

上がり框《かまち》に大島紬《おおしまつむぎ》を着た五十八、九の男が立っていた。権藤組長だった。尾津たちは警察手帳を呈示《ていじ》し、姓だけを告げた。

「用件を手短に言ってくれ」

権藤が尾津に顔を向けてきた。

「幹部の保科潤を匿ってるね？」

「いや、保科とは一カ月近く会ってないよ。あいつは商売熱心だから、会社の仕事に追われてるんだろ。保科が何をやらかしたんだい？」

「五年前に三十代の女性が相次いで三人も猟奇的な殺され方をした。その事件に保科が関与している疑いがある」

「何かの間違いだろう。保科は有名私大の商学部を出たインテリだぜ。不良少年上がりの組員じゃねえ。頭にくるようなことがあっても、人殺しなんかやらねえよ。たとえ殺人教唆《きょうさ》であっても、あいつが事件に絡んでるはずがない」

「おれは、あんたと保科が錦鯉に餌を上げてるとこをこの目で見てるんだよっ」

白戸が声を張った。

「おれと一緒に餌をやってたのは、若頭の的場《まとば》だよ。そっちが見たのは保科じゃねえ」

「ふざけんな。そう言い張るんなら、家捜しさせてもらう。令状はないが、それでも文句ないな」

「保科はどこにもいねえよ。そう言われても、信じられないんだったら、家捜しでもなんでもしろや」

「そうさせてもらう」

尾津は組長の気が変わらないうちに急いで靴を脱いだ。白戸が倣《なら》った。

組長自ら案内に立った。

間数《まかず》は二十一室もあった。家族のほかに組の幹部たちや部屋住みの若い者が十六、七人いたが、保科の姿は見当たらない。

庭に隠れているのではないか。コンビはテラスから広い庭園に降りて、植え込みや庭石の陰まで覗いた。しかし、経済やくざはどこにも隠れていなかった。

「裏の家の庭伝いに保科はうまく逃げたのかな」

白戸が小首を傾《かし》げた。

「そんな余裕はなかったはずだ」

「そうだよね。ということは、このでっかい家のどこかにいるんだろうな」

「おそらく隠し部屋か、隠し納戸《なんど》があるんだろう。保科はそういう所で、じっと息を殺してるにちがいない」

「組長の自宅なんだから、隠し部屋のひとつや二つはありそうだな」

「引き揚げたと思わせて、夜が明けるまで張り込んでみるべきだな。いったん退散しよう」

尾津は池を迂回《うかい》し、テラスに向かった。すぐに相棒が従《つ》いてくる。

3

組長宅に車が横づけされた。

午後十時過ぎだった。白いアルファードは停まったままだ。

運転席のドアは開かない。誰かを迎えに来たのか。

尾津はスカイラインの助手席に坐っていた。権藤宅の向こう側には、室長と主任の乗ったプリウスが路上駐車中だ。

権藤邸から誰かが出てきた。パーカのフードをすっぽりと被《かぶ》り、サングラスをかけている。体つきから察して、五十年配の男だろう。

「フードを被ってるのは、保科っぽいな」

白戸が運転席で呟いた。

「そう思えるな」

「フードを被った奴がアルファードに乗り込んだら、おれたちが追尾したほうがいいでしょ」

「そうしよう」

尾津は相棒に言って、能塚室長の携帯電話を鳴らした。ツウコールで、通話状態になった。

「室長、組長宅からフードを被った男が出てきましたよね？」

「ああ、見たよ。アルファードの後部座席に乗り込んだのは、保科潤にちがいない。二台の車でリレー尾行しよう」

「能塚さん、おれたち二人がアルファードを追尾しますよ。パーカを着てる男が保科だと確認できたわけじゃないんです。替え玉ということも考えられるんで、能塚さんと勝又さんは張り込みを続行したほうがいいと思います」

「そうか、そうだな。フードを被った奴が替え玉だったら、組長宅の隠し部屋に身を潜めてたと思われる保科が後で脱出する可能性もある。わかった、おまえたち二人にアルファードを尾《つ》けてもらおう」

「了解です」

「尾津、撒《ま》かれないようにな」

室長の声が熄《や》んだ。

アルファードが走りだした。四、五十メートル遠ざかってから、白戸が覆面パトカーを発進させた。一定の車間距離を保《たも》ちながら、白い車を追走する。

アルファードは都心を抜けると、水戸《みと》街道に乗り入れた。

そのまま松戸《まつど》市、柏《かしわ》市、取手《とりで》市、牛久《うしく》市と北上し、やがて霞ケ浦《かすみがうら》のマリーナに到着した。

白戸がスカイラインをマリーナの端に停めた。

「尾津さん、パーカを着た奴は替え玉だよ。保科は警察にマークされてることを察してるはずです。のんびり湖で夜釣りをする気にはならないでしょ？」

「そうだな。どうやらおれたちは、まんまと引っかかってしまったらしい。白戸、桟橋《さんばし》まで行こう」

尾津は静かに車を降りた。白戸が急いで運転席を離れる。

パーカの男はアルファードを降り、桟橋に舫われたフィッシング・クルーザーに向かっていた。アルファードを運転していた若い男は釣り竿ケースを提《さ》げている。大型クーラーボックスを担《かつ》いでいた。権藤組の組員だろう。

尾津たちは桟橋を進んだ。

足音で、パーカの男とクーラーボックスを持った若者が振り返った。

「警視庁の者だが、ちょっと捜査に協力してもらいたいんだ」

尾津は男たちに声をかけた。パーカを着た男がフードを脱ぎ、サングラスも外した。

「あいつは、若頭の的場陽太郎《ようたろう》だ。五十二、三だったと思う。的場は、保科の替え玉を演じやがったんだな。くそっ」

白戸が歯嚙みした。

「やられたな」

「尾津さん、的場を締め上げようよ」

「そう逸《はや》るな」

尾津は相棒に言って、的場と向き合った。

「あんた、若頭の的場さんだな？」

「そうだよ」

「組長宅で顔を合わせてるから、おれたちが保科潤を捜してたことはわかってるな。保科は権藤の自宅の隠し部屋で息を殺してたんだろ？」

「保科は、組長《オヤジ》の家にはいなかったよ。おれは夕方からお邪魔してたんだが、一度も保科は見てねえ。それより、なんでおれを尾行してたんだい？　やくざは夜釣りをしちゃいけねえって法律でもできたのかい？」

的場が絡んできた。白戸が的場の胸倉を掴む。

「てめえ、若頭《カシラ》に何しやがんでえ」

若い男が釣り竿ケースとクーラーボックスを足許に置いた。白戸が無言で、相手の向こう臑《ずね》を蹴った。若い者が呻いて屈《かが》み込んだ。

「職務質問の邪魔をしやがると、公務執行妨害でてめえを検挙《アゲ》るぞ」

「おれ、手を出してないじゃねえか。それでも、法に触れるのかよっ。あん？」

「狩野《かの》、おとなしくしてろ」

的場が若い者に言った。狩野と呼ばれた男は小さくうなずいた。

「おれは以前、組対五課にいたんだ。ヤー公が凄んでも、ビビらねえぞ」

「威勢がいいな」

「保科は、まだ権藤の家《ヤサ》にいるんだろ？」

「そっちは、あまり頭《ペテン》がよくないようだな。おれは、保科を見てねえと言ったはずだぜ」

「警察をなめんじゃねえ！」

白戸が大声を張り上げ、ショルダーホルスターからシグ・ザウエルP230を引き抜いた。

手動式の安全弁を外す。

「刑事《デカ》がそんなことをしてもいいのかよ!?」

狩野が喚《わめ》いた。白戸が銃口を狩野の額に突きつける。

「暴発ってことにして、おまえからシュートするか」

「な、なんて奴なんだ」

「チンピラは黙ってろ！　いいなっ」

「わかったよ」

狩野が目を逸《そ》らした。声が少し震えていた。

「撃《ハジ》いてみろや」

的場が白戸に組みつこうとした。

尾津は的場の肩口を摑んで、足払いをかけた。的場が横倒れに転がった。

白戸が膝頭で的場を押さえつけ、手早く持ち物を検《しら》べた。ベルトの下から引き抜いたのはS&W《スミスウエッソン》60だった。

アメリカ製の小型リボルバーだ。全長は十六センチと小さい。白戸が輪胴型弾倉《シリンダー》をチェックする。実包が五発、詰まっていた。

「銃刀法違反だ」

白戸が自分のハンドガンをホルスターに収め、的場の後頭部に小型リボルバーの銃口を密着させた。

尾津は狩野の体を探《さぐ》った。物騒《ぶっそう》な物は何も所持していなかった。

「手錠《ワッパ》打たれたくなかったら、正直者になるんだな」

白戸が言って、S&W60の撃鉄《ハンマー》を親指の腹で掻《か》き起こした。

「それ、どういう意味なんでえ？　場合によっちゃ、銃刀法違反には目をつぶってくれるのか？」

「そういうことだ」

「白戸、やり過ぎだよ」

尾津は形だけ咎《とが》めた。むろん、やくざ者にも人権はある。違法捜査は慎むべきだ。だが、法律の通じない相手である。場合によっては、禁じ手を使うこともやむを得ないだろう。

「保科は隠し部屋にいたんだなっ」

「それは……」

「五十過ぎて服役することになってもいいのかい？」

「わかったよ。おたくらが踏み込んできたとき、保科はいた。組長《オヤジ》があいつを隠し部屋に入れてから、応対に出たんだ」

「やっぱりな」

「保科は五年前、誰かにキャスター、経営コンサルタント、整形外科医を始末させたかもしれないんだ。被害者は、いずれも三十代の美人だった。あんた、そのことで何か知ってるんじゃないのか？」

尾津は屈《かが》み込んで、的場に訊いた。

「保科は荒っぽいことは苦手なんだ。金と女は大好きだが、殺人《コロシ》に走るような奴じゃない。あいつは常に損得を考えながら、要領よく生きてる」

「しかし、状況証拠では疑わしいんだよ。保科が組の若い者《もん》を実行犯に仕立てたとも考えられる」

「それはねえ。保科も幹部のひとりだが、おれに黙って若い衆を動かせっこない。そんな勝手なことをしやがったら、おれはもちろん、組長《オヤジ》も黙認はしねえさ。保科を破門することになるだろうな」

「そっちはどうだ？　何か知ってるんじゃねえのか？」

白戸が狩野に詰め寄った。

「何も聞いてないよ、おれも。おれたち若い者は保科さんに挨拶する程度で、誰もまともに喋ったことがねえんだ。保科さんは非行少年《ヤンキー》上がりのやくざをワンランク下に見てる感じなんで、おれたちはなんか親しみが持てねえんだよ。幹部たちの多くも、同じように……」

「狩野、余計なことを言うんじゃねえ。保科は組の留保金をうまく膨らませてくれてるんだ。あいつの悪口を言うのは、十年、いや、二十年早《はえ》えな」

的場が若い衆を窘《たしな》めた。

「若頭《カシラ》、すみません。おれ、つい本音を言っちゃいました」

「おれたちの稼業は序列を大事にしなきゃならねえんだ。気に喰わない幹部がいても、陰口なんかたたくんじゃねえよ。そんな具合じゃ、いつまでも経《た》っても貫目《かんめ》は上がらねえぞ」

「勉強させていただきやした。若頭《カシラ》、ありがとうございます」

狩野が謝意を表した。的場が、もったいぶってうなずく。

そのすぐあと、尾津の懐で携帯電話が着信音を発した。能塚からの電話だろう。

尾津は桟橋の突端近くまで進み、上着の内ポケットからモバイルフォンを摑み出した。

予想通り、発信者は能塚室長だった。

「やっぱり、対象者《マルタイ》は組長宅にいたよ。数十分前にこっそり権藤の自宅から出てきて、タクシーで銀座に……」

「いま保科は、『細雪』にいるんですね？」

「そうなんだ。おれと勝又は店の近くで張り込みはじめたところなんだよ。パーカを着た

「男は誰だったんだ？」

「若頭の的場でした」

　尾津は経過を室長に伝えた。

「押収した小型リボルバーは適当に処分してくれ。立件すると、分室の捜査が遅れるからな。的場は担当事案とは無関係だろうから、そうしたほうがいい」

「わかりました。すぐに東京に舞い戻って、室長たちに合流します」

「そうしてくれ。何か動きがあったら、また尾津の携帯を鳴らすよ」

能塚が電話を切った。尾津はモバイルフォンを懐に戻し、フィッシング・クルーザーの横に引き返した。相棒を手招きして、室長と交わした遣り取りを話す。

「的場、銃刀法違反は大目に見てやるよ」

白戸が大声で告げた。

「そいつはありがてえ。S&W60は返してもらえるんだな」

「そうはいかない」

「事件化しねえなら、押収品を持ち帰っても困るんじゃねえのか？」

的場が不思議がった。白戸がにやりとして、小型リボルバーを暗い湖に投げ込んだ。

的場《バク》と狩野が顔を見合わせ、肩を落とした。

「逮捕られなかっただけで儲けもんだと思うんだな」

「そうなんだが……」

「あんたに貸しを作ったな。確か権藤組は違法カジノを五、六カ所開いてるね」

「ああ」

「そのうちカードゲームとルーレットで、たっぷり稼がせてもらうよ。ついでに美人ディーラーもお持ち帰りさせてもらうか。よろしくな」

白戸は的場の脇腹に蹴りを入れると、狩野を桟橋から突き落とした。短い悲鳴と派手な水音が夜のしじまを擘《つんざ》いた。

「おまえ、明日から権藤組の連中に命《タマ》を狙われることになるぞ」

「殺《や》られる前に手錠《ワッパ》掛けてやりますよ」

「やくざ刑事は、しぶといな。白戸、行くぞ」

尾津は桟橋を走りはじめた。相棒が追ってくる。

二人はスカイラインに乗り込んだ。白戸がすぐに車を走らせはじめる。尾津は屋根《ルーフ》に赤色灯を載せた。

深夜とあって、車の量は少なかった。三十分そこそこで柏市まで戻ることができた。

水戸街道を南下していると、ふたたび能塚が尾津に電話をかけてきた。何か動きがあったようだ。

「保科が愛人《レコ》の田代ちはると一緒に『細雪』を出て、タクシーで『月島スカイパレス』に乗りつけた。二人が八〇八号室に入ったのを確認したよ」

「経済やくざは愛人《レコ》の部屋に泊まるんでしょう」

「いや、そうじゃなさそうだ。保科はちはるに着替えなんかをキャリーケースに詰めさせて、二人で東京を離れる気なんじゃないか。若頭の的場から尾津や白戸のことを電話で聞いただろうからな。保科は情婦《おんな》を連れて、どこかに潜伏する気になったと考えられるじゃないか」

「そうですね」

「おれたち二人は、マンションの外の駐車場の空いてるスペースに車を入れて待ってる。尾津・白戸班が到着したら、八〇八号室に行こう。もちろん、おまえたちが来る前に保科たち二人が逃げるようだったら、勝又と二人で声《バン》をかける」

「任意同行には応じないでしょうね、保科は」

「ああ、多分な。そうしたら、おれは保科を蹴飛ばす真似をする。保科は反射的に何かアクションを起こすだろう。それで、公務執行妨害が適用できるはずだよ。フェアなやり方じゃないが、やむを得んだろう」

「苦肉の策ですね」

「反則技なんか使いたくないが、それしか手がないだろう。勾留《こうりゆう》期間中に恐喝容疑の令状を取って、保科を厳しく取り調べる。そうすれば、五年前の連続猟奇殺人事件の主犯であることを全面自供するにちがいない」

「室長、確かに保科には疑わしい点がありますが、まだ真犯人《ホンボシ》と極《き》めつけるのは早いでしょ？　若頭の的場が言ってたように、保科は金と女には目がないようですが、荒っぽいことは苦手なんだと思います」

「そんなインテリやくざが三件の殺人事件を引き起こすことは考えにくいってわけか？」

「ええ。たとえ第三者に高瀬彩香、岩佐真紀、小杉奈津美の三人を始末させたら、重い刑を科せられることは知ってたはずです。殺人教唆が三件なら、最悪の場合は極刑も免れないでしょ？」

「そうなるかもしれないな。しかし、保科は用意周到に代理殺人を依頼したんで、事件《ヤマ》が発覚する心配はないと確信してるんだろう」

「そうでしょうか」

尾津は上司の筋の読み方に素直にうなずけなかった。計算ずくで生きてきた保科は、破滅を招くような行為には決して及ばないのではないか。損得を第一に考える人間が捨て鉢になることはあり得ないと思う。とことんアナーキーにはなれないにちがいない。

「確証はないけどな、保科はクロだよ。おれは長いこと殺人捜査に携《たずさ》わってきたんだ。どんな事件の真相にも迫れたわけじゃないが、たいてい直感や勘は当たってた」

「ベテラン刑事の第六感は無視できないと思います。科学捜査には、思いがけない落とし穴がありますからね。指紋・声紋鑑定機器やDNA型分析機器は正確でも、パソコンの入力ミスで事件にまったく関係のない人間を加害者にしてしまった例が幾つかあります」

「そうだよ。科学がどんなに進歩しても、いろんな機器を操作するのは人間だから、ミスは避けられない」

「お言葉を返すことになりますが、人間の直感や勘もさほど当てにできません」

「尾津の言う通りだが、保科は限りなくクロに近いよ。それだから、早く身柄を押さえる必要があるんだ。とにかく急いで、白戸と月島に来てくれ」

室長が通話を打ち切った。

尾津はモバイルフォンを二つに折り、白戸に通話内容を教えた。すると、白戸が苦く笑った。

「能塚さんは頑迷《がんめい》なとこがあるからね。自分で読んだ筋は外れてないと思い込むと、誰がなんと言おうと耳を傾けようとしない。悪い癖だと思うな」

「白戸は、保科が一連の事件の主犯だと考えてるのか？」

尾津は問いかけた。

「そうも思えるし、そうじゃない気もしてるんだよね」

「クロとも、シロとも感じられるわけか」

「そうなんだ。しかし、もう少し捜査を進めれば、どっちかはっきりするだろうな」

白戸が言って、車の速度を上げた。

田代ちはるの自宅マンションに着いたのは、およそ四十分後だった。

『月島スカイパレス』の居住者用駐車場の外れに灰色の覆面パトカーが駐《と》められているが、車内には誰も乗っていない。能塚と勝又は状況判断して、マンションの八階に上がったのかもしれない。

尾津たちコンビはスカイラインを駐車場の近くに駐め、マンションに足を踏み入れた。表玄関はオートロック・システムにはなっていなかった。出入りは自由だ。

二人はエレベーターで八階に上がった。

尾津は八〇八号室のドアに耳を押し当てた。室内は静まり返っている。人のいる気配はうかがえない。保科は愛人とともに逃走したにちがいない。

「尾津さん、室長と主任は保科に人質に取られたのかもしれないよ。刑事たちを人質に取れば、警察は下手に手を出せなくなるよね？」

「そうなんだろうか。白戸、駐車場の周《まわ》りをよく調べてみよう」

二人はエレベーターで一階に下《くだ》り、駐車場まで走った。背後に割に広い植え込みがある。

コンビはライターの炎で足許を照らしながら、植え込みの奥に向かった。

と、前方から男のくぐもった唸り声が聞こえた。尾津はライターの炎を前方に翳《かざ》した。

能塚と勝又が太い樫《かし》の根方《ねかた》に坐り込んでいた。両手はタイラップという商品名で売られている結束紐《けっそくひも》で樹幹《じゅかん》の後ろで縛られているようだ。二人の口許は粘着テープで封じられている。

尾津たちは、二人に駆け寄った。尾津は室長の粘着テープを剝《は》がした。

「室長、何があったんです？」

「プリウスの中で待機してたら、黒いフェイスキャップを被った男が四人近づいてきて、一斉《いっせい》に消音器を装着した拳銃の銃口を突きつけてきたんだ。不意を衝《つ》かれたんで、おれも勝又も抵抗できなかった」

能塚が肩で息を継ぎながら、一方的に喋った。白戸が勝又のガムテープを剝がす。

「能塚さん、その四人組は名乗ったんですか？」

「いや、ずっと無言だった。身振りで、おれたちに車を降りろと命じたんだよ」

「そして、この植え込みの中に連れ込まれたんですね？」

「そうなんだ。両手首をきつく括られ、粘着テープで口を塞《ふさ》がれたんだよ」

「手錠や警察手帳を奪《と》われたんですか？」

「官給品は何も奪られなかった。正体不明の四人は、保科と田代ちはるを逃亡させたかったんだろうな」

「そうなんでしょうね。八〇八号室は無人のようでした。少し前に、おれたち、八階に上がってみたんですよ」

「ちくしょう！　もう逃げられたかっ。忌々《いまいま》しいな。四人組は権藤組の奴らなんだろう。そうにちがいない」

「そう考えられますね」

尾津は、室長の縛《いまし》めをほどきはじめた。

4

空気が重い。

尾津は分室の自席でコーヒーを飲んでいた。

保科が愛人と姿をくらまして四日が経《た》っている。午後二時過ぎだった。

分室のメンバーは、結束紐から指掌紋が出ることを期待していた。だが、タイラップや粘着テープには犯歴のある男の指紋や掌紋は付着していなかった。

フェイスキャップを被っていた四人組は、権藤組の組員ではなかったのか。あるいは前科歴のない準構成員たちに能塚と勝又の自由を奪わせ、保科と田代ちはるを逃走させたのかもしれない。

尾津は相棒とともに、権藤組の本部事務所を訪れた。居合わせた準幹部を締め上げたが、一様《いちよう》に保科の逃亡を手助けした覚えはないと言い張った。

尾津たちコンビは、若頭の的場の愛人宅にも押しかけた。若い愛人と情事に耽《ふけ》っていた若頭はトランクス一枚で玄関先に出てきた。

相棒の白戸が開口一番、気が変わったので先夜の銃刀法違反を立件することになったと告げた。むろん、駆け引きだ。

白戸の言葉を真《ま》に受けた的場はうろたえたが、配下の者に保科たち二人を逃亡させたことはないと繰り返した。

尾津は、的場から権藤組長が盆栽のコレクターであることを聞き出した。コンビは六千万円の価値のある珍品を安く譲りたいと架空の話を餌にして、権藤を六本木のホテルの一室に誘《おび》き出した。

組長はレスラーのようなボディーガードを伴って部屋にやってきた。二人とも、護身銃を懐に忍ばせていた。

尾津は二挺のポケットピストルを押収し、組長に裏取引を持ちかけた。しかし、権藤は若頭と同じ供述をした。正体不明の四人組は子分ではないと言い張った。また、保科たち二人の居所は見当もつかないと答えた。嘘をついているようには見えなかった。

白戸が本庁組織犯罪対策部第五課の元同僚を呼び、権藤とボディーガードの身柄を引き渡した。当然、押収した護身拳銃も担当刑事に預けた。

騙《だま》された恰好《かっこう》の権藤は尾津たちを罵《のの》りながら、連行されていった。尾津たちは事前に若頭の銃刀法違反は不問に附すと決めていた。別段、的場をひいきしたわけではない。違法捜査を知られたくなかったのだ。

あくる日、分室のメンバーは手分けして保科の知人たちに会った。しかし、潜伏先を知る者はいなかった。

「おれと勝又を動けなくした四人は堅気じゃないはずだ。関東仁友会の下部組織《エダ》の人間で前科《マエ》のない奴だと思うんだよ」

自分の机に向かっていた能塚室長が、尾津に話しかけてきた。

「そうなら、権藤組長はそのことを知ってるでしょ？」

「権藤はシラを切り通したんじゃないか。半グレの奴らは、消音器付きの拳銃なんか使わないだろう。月島署は、遺留品《リユウ》の粘着テープと結束紐の指紋鑑定をちゃんとやったんだろうか。警察庁《サッチョウ》刑事局鑑識課指紋センターのAファイルだけじゃなく、Bファイルの指紋紋《もん》様《よう》データと照合したのかね。照合の仕方がラフだったのかもしれないぞ」

「そうだとは思えませんが……」

「いや、わからんぞ」

「月島署から遺留品《リユウ》を借り受けて、本庁《うち》で照合し直すか」

「そこまでやったら、角が立つと思うな」

白戸が口を挟んだ。勝又が無言でうなずいた。

主任は机の下で、スマートフォンを見ていた。〝ももいろクローバーZ〟の動画を再生しているのだろう。

「白戸、まずいかね？」

「まずいでしょ。本庁が所轄を軽く見てると受け取られるからね。所轄署のすべてってわけじゃないけど、本部の横暴ぶりに立腹してる署は少なくないでしょ？」

「そうだな。月島署を刺激するのはよくないか。やめとこう」

能塚がマグカップを手に取った。

その数秒後、二係の大久保係長が分室にやってきた。

「大久保ちゃん、浮かない顔してるな」

「保科の恐喝容疑の令状請求に課長から待ったがかかってたらしいんですよ。担当理事官から、そう告げられたんです。てっきり裁判所から令状が下《お》りるものと思ってたから、がっくりきましたよ」

「そうだろうな。なんでストップがかかったんだい？」

「高瀬彩香が不倫の件で計三千万円を保科に脅し取られた物的証拠があるわけじゃないんで、課長はすんなり令状は出ないだろうと判断したんでしょう。勇み足を踏むと、裁判所に悪い印象を持たれます。在任中は失点を作りたくないという課長の気持ちはわかりますが、このままでは……」

「保科の潜伏先を突きとめても、別件で逮捕するのは難しくなるな」

「そうなんですよ。それで、小杉奈津美がどうして父親から引き継いだクリニックを保科に乗っ取られたのか、ちょっと考えてみたんです」

「それで?」

能塚室長が椅子から立ち上がって、大久保係長をソファセットに導いた。二人はコーヒーテーブルを挟んで向かい合った。

尾津はセブンスターに火を点け、耳をそばだてた。白戸も耳を澄ましている様子だった。

「女医の血縁者のことを調べてみたんですよ」

大久保が室長に言った。

「先をつづけてくれないか」

「キャビン・アテンダントをやってた女医の妹の華恵は上司と対立して、二十代後半で航空会社を辞めてからは大学の先輩がやってる空間プランニング会社で働くようになったんです。主にレストランの店内装飾デザインを担当してたようです」

「そこまでは、大久保ちゃんが持ってきた捜査資料に記《しる》されてたよ」

「ああ、そうでしたね。小杉華恵はそのころ、一つ年上の井上大志《いのうえたいし》と親しくなったんです。井上は半グレの遊び人で複数の女たちに生活費を貢《みつ》がせてたんです。覚醒剤《シャブ》に溺れて、犯歴もありました」

「小杉華恵も彼氏の井上に麻薬の味を覚えさせられたんじゃないのか。覚醒剤《シャブ》には催淫《さいいん》作用があるんで、感度が何倍もよくなるって話だからな」

「華恵に逮捕歴はありませんでしたが、おそらく薬物依存症に陥《おちい》ってたんでしょうね。それはそうと、華恵と同棲してた井上が七年前に謎の失踪をして、いまも生死が不明なんですよ」

「小杉華恵が禁断症状に苦しんで、同棲相手を殺《や》っちまったんじゃないのかね。あるいは、井上に何かひどいことを言われて、逆上しちゃったのかもしれない」

「どんなひどいことを言われたんですかね?」

「覚醒剤《シャブ》を買う金に困った井上が一緒に暮らしてる華恵に『体を売って銭《ぜに》を都合しろ』とか言ったのかもしれない。医者の娘でキャビン・アテンダントだった彼女は、一般の娘《こ》よりもプライドが高いんじゃないかね?」

能塚が言った。

「そうだと思います。そんなことで、小杉華恵は衝動的に庖丁か何かで井上大志を刺殺してしまったんだろうか。そして、誰かに手伝ってもらって死体をどこかに遺棄したんですかね?」

「大久保ちゃん、それ、考えられるな。インテリやくざの保科潤は何らかの形で小杉華恵の致命的な弱みを知った。華恵が開業医の娘であることを調べ上げた保科は、小杉奈津美が二代目院長を務めてた整形外科医院を乗っ取る計画を立て、医療ミスで難癖をつけた後に共同経営を持ちかけた」

「しかし、華恵の姉の二代目院長は保科の申し出を断った。保科は医療ミスの件で裁判を起こした。しかし、美人院長の知り合いが出てきて、分が悪くなった。告訴を取り下げたんだが、尻尾を丸めたわけじゃない。保科は院長の実妹の秘密でもちらつかせて、安くクリニックを譲り受けたんでしょうか？」

「そういう推測はできるな。小杉奈津美は怪しげな保科をいったんは追っ払った。しかし、妹の殺人が表沙汰になったら、小杉一族の名誉は汚れてしまう。で、泣く泣く父親から引き継いだクリニックを手放した。だが、小杉奈津美は亡父に申し訳ないという思いから、外科医院を買い戻す気になったのかもしれない。しかし、保科は法外な値をつけたか、女医に自分の愛人になれば、買い戻しに応じると条件を提示したんじゃないか」

「そんな屈辱的な条件を呑《の》まなければならないなら、一族の名誉よりも自尊心のほうが大事だと考え、小杉奈津美は警察で何もかも話すと息巻いたんですかね。焦《あせ》った保科は、キャスター、経営コンサルタントにつづいて、美人整形外科医も誰かに始末させたんでしょうか」

「大久保ちゃん、小杉華恵はいま何をやって喰ってるのかな?」

「バンケット・コンパニオンをしてるようです。自宅は品川区上大崎《かみおおさき》の『上大崎アビタシオン』の三〇一号室ですね」

「尾津の報告によると、華恵には彼氏がいるそうだよ」

「そうですか」

大久保が答えた。

「小杉華恵のことは尾津と白戸に詳しく調べさせるよ。おれは勝又と消息不明の井上大志の身内や友人たちから情報を集める。保科が小杉華恵の犯罪を脅迫材料にしてクリニックを乗っ取ったんなら、文句なしに逮捕状は下りるはずだ」

「ええ、そうですね」

「令状が出次第、全国指名手配もかけて保科潤に連続殺人事件の首謀者だと自供させてやる」

「よろしく頼みます」

「大久保ちゃん、もう少し待ってよ。必ず分室で片をつけるからさ」

能塚が胸を叩いた。大久保係長がソファから腰を浮かせ、分室から出ていった。

「おまえたち二人は、小杉華恵の家《ヤサ》に行ってくれ。この時刻なら、まだ自宅マンションにいるだろう。バンケット・コンパニオンの出番は夕方からだからな」

室長が尾津に顔を向けてきた。

「了解です」

「いきなり身分を明かさないほうがいいな。華恵がまだ薬物と縁が切れてないとしたら、警戒して肝心のことは何も喋らないだろう。井上大志を殺害してるんだったら、自宅マンションのドアも開けないかもしれない」

「うまくやりますよ」

尾津は自席を離れ、白戸と分室を出た。五階から地下二階の車庫に下《くだ》り、スカイラインに乗り込む。

「おれたち、何に化ける？」

白戸がエンジンを始動させてから、口を開いた。

「最近、三、四十代の主婦モデルが女性週刊誌やテレビのCFで活躍してるよな？」

「そうだね。モデルクラブのスカウトマンに化けるつもりだな」

「当たりだ」

「新橋のスピード名刺屋に寄ってから、『上大崎アビタシオン』に行こうや」

尾津はシートベルトを掛けた。白戸が穏《おだ》やかに覆面パトカーを走らせはじめた。

幾度か利用したことのあるスピード印刷の名刺屋は、JR新橋駅前のニュー新橋ビル内にあった。十数分待つだけで、名刺はでき上がる。

目的の店までは十分もかからなかった。尾津たちは、それぞれ偽名刺を作った。氏名も社名も架空だったが、私用の携帯電話番号は偽りではなかった。

小杉華恵の自宅マンションは、JR目黒駅と恵比寿駅の中間地点にあった。八階建ての賃貸集合住宅だった。出入口はオートロック・システムにはなっていなかった。

コンビは覆面パトカーを路上に駐《と》め、『上大崎アビタシオン』の三階に上がった。

尾津は三〇一号室のインターフォンを鳴らした。ドア越しにチャイムが聞こえる。

ややあって、女性の声がスピーカーから洩れてきた。

「宅配便かしら？」

「いいえ、モデルクラブの者です。あなたは、小杉華恵さんですね？」

「そうですけど、ご用件は？」

「あなたがバンケット・コンパニオンをされていることは承知しています。現在のお仕事をされながらで結構なんですが、モデルをやってみませんか？」

「からかわないで。わたし、もう三十五よ」

「ええ、そうですね。ですが、キャビン・アテンダント時代から美しさは変わっていません。ある財界人の方が小社の社長にあなたのことを教えてくれたんで、客室乗務員時代の写真を昔の同僚の方に見せていただいたんですよ。それから、大物政治家の出版記念パーティー会場でコンパニオンとして働いている姿も拝見させてもらいました。エレガントな大人の女性の魅力をたたえてらっしゃいます」

「あら、お上手ね」

「いいえ、お世辞ではありません。ぜひモデルとして活躍してください」

「でも、まったくの素人よ。美しく見える歩き方やポージングも知らないのに、モデルになんかなれないでしょ？」

「そうした基本的なレッスンは一、二カ月でマスターできます」

「せっかく来ていただいたんだから、このまま追い返すわけにはいかないわね。話だけでも聞かせてもらおうかしら？」

「ありがとうございます」

尾津は少し退《さ》がった。かたわらの相棒も後方に引く。

象牙色のドアが開けられた。姿を見せた小杉華恵は、死んだ姉よりも目鼻立ちが整っている。黒曜石のような瞳は、どこか妖《あや》しい。やや肉厚な唇は官能的だった。スタイルも悪くなかった。

ただ、肌は瑞々《みずみず》しさを失っている。まだ麻薬の虜《とりこ》になっているのか。

尾津は、剝き出しの両腕に目をやった。注射だこはなかった。炙《あぶ》りで覚醒剤の煙を吸引しているのか。

「どうぞお入りになって」

華恵がスリッパラックに手を伸ばした。

尾津たちコンビは靴を脱いだ。通されたのはリビングだった。間取りは1LDKだが、割に広い。居間だけで十五畳のスペースはあるだろう。

尾津と白戸は、おのおの偽名刺を部屋の主に手渡した。華恵は来訪者をリビング・ソファに坐らせると、手早くハーブティーを淹《い》れた。それから、尾津の前の椅子に浅く腰かけた。

「あなたが霧島《きりしま》さんね？」

「そうです。同僚は鬼熊《おにくま》という苗字で、その筋の人間に見られることが多いんですよ。ですが、心優しい男です」

「確かに、やくざ屋さん風ね。でも、男は少し崩れてるほうが魅力あるわ」

「やんちゃのほうが母性本能をくすぐられるんだろうな」

「ええ、そうね。わたしのことをヨイショしてくれたけど、まさかヘアヌードを撮《と》らせろなんて言うんじゃないでしょうね？」

「ファッションモデルとしてスカウトに来たんですよ」

「でも、モデルやテレビタレントで食べられるのはほんのひと握りなんでしょ？　売れないモデルやタレントが夢を諦めて、わたしと一緒にコンパニオンの仕事をしてるの。だから、ちょっと誉められたからって、有頂天にはならないわ。でも、モデルの仕事で副収入を得られたら、嬉しいな。特に贅沢をしてるわけじゃないんだけど、何かとお金がかかるのよ」

「すぐにグラビアのモデルになれるわけではありませんが、あなたなら、一年後には五、六百万のギャラは稼げると思います」

「そうなったら、嬉しいな」

「もっと目標は高く掲げましょうよ。一年後には、三千万は稼ぎましょう」

「そんなに稼げるようになったら、モデル一本で勝負してもいいわね。でも、枕営業は困るわ。元モデルや元タレントのコンパニオンは事務所の社長に大きな仕事が欲しければ、依頼主《クライアント》と寝ろと言われたらしいの」

「うちの会社は、所属モデルに枕営業なんかさせてません。新興ですが、いいモデルを揃えてるんで、オファーは多いんですよ」

「そうなの。それじゃ、レッスンを受けてみようかな。でも、レッスン料を取られるんでしょ？」

「会社でスカウトした場合は、レッスン料などかかりません。それどころか、交通費を支給してるんです」

「そうなら、レッスンを受けるわ。午後五時ごろまでなら、毎日、フリーだから……」

「そういうことなら、講師たちとのスケジュールを調整して、レッスン時間を決めさせていただきます」

「わかったわ」

「参考までに教えていただきたいんだけど、小杉さん、彼氏はいるんでしょ？」

白戸がさりげなく肝心なことを質問した。

「ええ、いるわよ」

「差し障りのない範囲でかまわないんだけど、その彼の仕事なんか教えてもらえませんかね」

「なんでそんなことを訊くの？」

華恵が怪訝《けげん》そうな表情になった。

「モデルにヤー公みたいなヒモがついてて、ギャラの前借りをしてきたり、ドラッグの味を覚えさせるケースがあるんですよ」

「わたしが交際してる男性は、ダイニングバーのオーナーよ。西麻布で店をやってて、年商は六千万円を超えてると思うわ」

「それは凄いな。まだお若いんでしょ？」

「三十九だから、経営者としては若手って言えるんじゃないかしらね」

「彼氏さんのお名前は？」

「そこまで答えなきゃいけないの？」

「いいえ、結構です。小杉さんに裏社会と繋がってるような知人がいるかどうかチェックしたかっただけで、交際相手まで細かく調べるつもりはないんですよ。気を悪くしないでいただきたいな」

尾津は空咳《からぜき》をしてから、相棒を庇《かば》った。

「彼の個人情報まで教える必要はないでしょ？」

「おっしゃる通りです。鬼熊に悪意はなかったんですよ。やくざや半グレが所属モデルの彼氏だった場合、会社に難癖をつけてくることが過去にありましたんで、少しナーヴァスになってしまったんです」

「わたしの彼はれっきとした事業家だから、あなた方の会社にあやつけたりしないわよ」

「それを聞いて安心しました。ところで、なぜキャビン・アテンダントをお辞めになったんです？」

「先輩の乗務員たちとうまくいかなかったのよ。学校の運動部と同じで、先輩後輩の関係が難しいの。二、三年入社が早いだけで、とても威張ってるの。後輩が異論を唱えたら、もろにいじめの標的にされる。女特有の意地悪にも耐えられなくなったのよ」

華恵がヤンキー娘のように首を振った。

「職場での女性同士のいじめは陰湿みたいですね」

「陰湿そのものよ。いい大人が小学生みたいな意地悪をするの。それも集団でね。わたしの死んだ父は開業医だったんだけど、医者の娘だから、お高くとまってるなんて難癖をつけてくるのよ。ジェラシーなんだろうけど、低次元だと思わない？」

「思います。あなたはドクターになろうとしなかったんですか？」

「わたし、学校の勉強が嫌いだったのよ。姉が子供のころから父と同じ整形外科医になると言ってたんで、わたしは別の職業を選んだの」

「そうなんですか。そうすると、お父さんのクリニックはお姉さんが引き継がれたんですね？」

「そうなのよ。だけどね、五年ほど前に死んでしまったの。誰かに殺されちゃったのよ」

「犯人は捕まったんでしょ？」

「ううん、まだ逮捕されてないの」

「どうしてそんな不幸な亡くなり方をされたんです？」

尾津は何も知らない振りをして、部屋の主に問いかけた。

「それは……」

「お姉さんが亡くなられてから、医院はどうなったんです？」

「その話はしたくない。わたし、思い出したくないのよ。だから、訊かないでちょうだい！」

華恵が苛立《いらだ》たしげに叫び、下を向いてしまった。部屋の主は、何か重い秘密を抱えているのかもしれない。

尾津はそう確信を深め、ハーブティーを口に含んだ。カップを受け皿に戻したら、相棒と辞去するつもりだ。ハーブティーは、少し苦かった。

第四章　紛《まぎ》らわしい模倣《もほう》犯

1

祝賀会が閉じられた。

著名な洋画家の米寿のパーティーだった。日比谷の帝都ホテルの宴会場だ。

午後八時過ぎだった。

尾津たちコンビは、宴会場の出入口を見通せる場所に立っていた。小杉華恵の自宅マンション近くで張り込んだあと、彼女の仕事先まで密かに追ってきたのである。

パーティーの招待客は、年配の男女が多かった。そのせいか、バンケット・コンパニオンたちの存在が目立つ。

コンパニオンは二十人前後いた。やはり、二十代と思われる女性が圧倒的に多い。華恵は、やや霞んでいた。それでも、ドレスで着飾った姿は目を惹《ひ》く。

「バンケットの仕事を終えたら、小杉華恵は彼氏が経営してる西麻布のダイニングバーに行くかもしれないですね」

白戸が小声で言った。

「ああ、考えられるな」

「七年前に失踪した井上大志の血縁者や知人に会いに行った室長たちから何も連絡がないな。収穫はなかったんでしょう、多分ね」

「そうかもしれないな」

尾津は短く答えた。

そのすぐあと、官給携帯電話が懐で着信音を発した。尾津は上着の内ポケットからモバイルフォンを掴み出し、ディスプレイを見た。

電話をかけてきたのは、能塚室長だった。

「井上大志は屑野郎だな。ヒモみたいな暮らしをしてたくせに、カモにしてた女たちに暴力を振るってたんだ。井上と親しくしてた友人がそう証言してくれたんだよ」

「そうですか」

「尾津、それから井上の姉がヒントになるような話をしてくれたよ。井上は金を貢がせてた女のひとりに果物ナイフで腹を刺されたことがあるらしいんだ。加害者は風俗嬢だったんだが、体調を崩して入院してしまったらしい。井上は一週間後に風俗嬢を強引に退院させて、店に出勤させたんだってさ」

「それで、怒った風俗嬢に刃物で腹を刺されたんですね？」

「そうらしい。傷が浅かったんで、警察沙汰にはしなかったそうだ。井上は疚《やま》しさを感じていたんで、被害届は出す気はなかったんだろうな」

「でしょうね。井上の姉さんは、弟が小杉華恵と同棲してたことは知ってたんですか？」

尾津は訊いた。

「それは知らなかったようだよ。ただ、姉さんは弟が関わりのある女たちに恨まれてることを感じ取ってたんで、いつか大志が殺されるかもしれないとは思ってたらしいんだ」

「優しさの欠片《かけら》もないヒモ野郎では、まるで救いがないな」

「おれも、そう思うよ。井上大志は、華恵にもかなりひどいことをしたんだろう。それで、華恵は井上に殺意を抱くようになったんじゃないか。自分で井上を殺《や》ったんじゃないとしたら、彼女は自分に好意を持ってる野郎に井上を片づけさせたのかもしれないぞ」

「ええ、考えられますね」

「小杉華恵から何か探り出せたのか？」

能塚が問いかけてきた。尾津は経過を語った。

「現在の彼氏が怪しいな」

「おれも、そう思ったんですよ。だから、華恵に張りついてダイニングバー経営者と接触するのを待つ気になったわけです」

「そうしてくれないか。おれと勝又は分室に戻る」

室長が電話を切った。尾津はモバイルフォンを懐に戻し、相棒に能塚から聞いたことを喋った。

「井上はキレやすい奴だったようだから、華恵にも暴力を振るってたんだと思うね。それに耐えられなくなって、華恵は井上を殺《や》っちまったのかもしれないね。あるいは、知り合いの男に井上を片づけてもらったんでしょう。後者だとしたら、いまの彼氏臭いな」

「保科が華恵の弱みを何らかの方法で知って小杉整形外科医院を乗っ取ったんだとしたら、経済やくざとダイニングバーのオーナーには接点がありそうだな」

「そうなんだろうね。でも、華恵の現在の彼氏が井上を殺害したことを保科に教えるわけないでしょ?」

「ああ、それはないだろうな。保科は動物的な勘で華恵の交際相手の秘密を嗅ぎ取ったにちがいない。そして、井上を始末させたのが小杉奈津美の実妹と知ったんで、世田谷の整形外科医院を乗っ取ったんだろう」

「二代目院長は保科があまりに悪辣《あくらつ》なんで、逆襲に出た。保科は保身のため、誰かに小杉奈津美を葬らせた。その前に経済やくざは、不都合な存在の高瀬彩香と岩佐真紀を第三者に始末させた。尾津さん、ストーリーは完全に繋《つな》がったね」

「白戸、結論を急ぐな。殺人捜査は一筋縄にはいかないもんだ。うっかりしてると、犯人が用意したミスリード工作に引っかかってしまう。先入観による思い込みも、判断ミスを招く」

「尾津さん、そんなに複雑に考えることはないでしょ？　今度の事案の主犯は、保科潤で決まりだよ。愛人と一緒に逃亡した保科を見つければ、一件落着だね」

「いや、まだわからないぞ」

「考えすぎだって」

白戸が苦笑した。

そのとき、宴会場からバンケット・コンパニオンたちが次々に出てきた。華恵も混じっていた。ドレスの上に、大判のストールを羽織っている。

華恵は同僚たちに手を振り、エスカレーターで一階ロビーに降りた。そのまま表玄関を出て、タクシーに乗り込んだ。

覆面パトカーは、ホテルの前の表通りの路肩《ろかた》に寄せてあった。尾津たちコンビはタクシーが遠ざかると、スカイラインに向かって駆けはじめた。

白戸が先に運転席に入った。尾津は急いで助手席に坐った。

華恵を乗せたタクシーは幹線道路を進み、やがて『上大崎アビタシオン』の前で停まった。寄り道をすると思っていたが、予想外の展開になった。

華恵がマンション内に消えた。白戸がスカイラインを暗がりに停止させ、手早くヘッドライトを消した。

「エンジンも切ったほうがいいな」

「そうだね」

「彼氏が華恵の部屋を訪ねてくることになってるのかもしれないな。しばらく張り込んでみよう」

尾津はシートベルトを外した。二人は夕方にコンビニエンスストアで買い求めた調理パンを頰張りはじめた。缶コーヒーはぬるくなっていた。

「張り込みや尾行が一ヵ月もつづいたら、無性《むしょう》に旨い飯が喰いたくなるだろうね。おれは、そういう経験はないけど、ずっと強行犯係だった尾津さんは……」

「二ヵ月近くまともな食事ができなかったことがあるよ。強盗殺人犯の絞り込みはできてたんだが、まだ状況証拠しか摑めてなかったんだ」

「それで連日連夜、被疑者宅に張りついてたんだね？」

「そうなんだ。あのときは、動けなくなるまでおいしい物をドカ喰いしたいと思ったよ。それから、熱い味噌汁も啜りたかったな」

「女はどうでした？　腰の関節がぶっ壊れるまでナニしたいと思ったでしょ？」

「セックスよりも風呂にゆっくりと浸かりたかったよ」

「そう。おれたちのことを税金泥棒なんて言う奴がいるけど、強行犯係の刑事《デカ》は激務をこなしてる。俸給を倍にしてもらっても、割に合わないよね。そんなハードワークでも、刑事をやってりゃ、役得もある」

「組関係の飲食店で只酒を飲んで、バカラで小遣い稼がせてもらってる悪徳警官は白戸だけだ」

「そんなことないって。暴力団係刑事《マルボウ》の大半は裏社会の奴らと繋がってるよ。持ちつ持たれつは癒着《ゆちゃく》といえば、癒着だね。けど、それで治安が守られてる面もあるんだよな」

「詭弁《きべん》だな、それは。白戸の自己弁護だよ」

「そうかな」

「おまえは悪党《ワル》だよ。組対五課から捜一に異動になっても、やくざどもから金品や女を提供させてるんだから。そのうち人事一課監察室の調査対象になるな」

「その心配はないよ」

「おまえ、主任監察官に鼻薬を嗅がせてるのか!?」

「いや、警察庁《サッチョウ》の首席監察官に少しまとまった小遣いを渡してるんだ。本庁の監察室長や主任監察官たちは大物とは言えないから、独断では揉み消しはできない。小物に甘い汁を吸わせても、効果は期待できないでしょ？」

「おまえは骨の髄まで腐り切ってるんだな。堕落し切ってる。最低だ」

「尾津さんになら、逮捕《パク》られてもいいよ」

白戸が空き缶を潰《つぶ》し、両手を差し出した。

「手を引っ込めろ」

「え？」

「どんなに糞刑事《くそデカ》でも、おまえはおれの相棒なんだ。コンビを組んでるうちは、何も知らないことにしてやるよ」

「尾津さん……」

「そんな面《つら》するな。安手のテレビドラマじゃないんだ。おれはセンチメンタリストじゃない。白戸を売る資格がないと自覚してるからさ」

「どういうこと？」

「脛《すね》に傷を持つ連中に金品はたかってないが、おれもたびたび違法捜査をしてきた。つまり、問題児だよな。だから、白戸の不正や犯罪を告発する資格はないってことだ」

「尾津さん、カッコいいね。おれ、惚《ほ》れちゃいそうだよ」

「気持ち悪いことを言うんじゃないよ。それよりも風俗嬢は遠慮しておくが、色っぽいクラブホステスがいたら、その筋の幹部に話をつけて、おれに二、三人回してくれ」

「いいよ」

「ばかやろう！　大人の冗談だよ」

尾津は笑顔で相棒を怒鳴《どな》りつけた。白戸が頭に手をやった。

そのとき、『上大崎アビタシオン』のアプローチから小杉華恵が走り出てきた。カジュアルな服装に着替えていた。手にしているのは、狐色のトートバッグだった。

華恵は急ぎ足で大通りに向かった。

白戸がイグニッションキーを捻《ひね》り、ライトを点けた。低速で華恵を追尾しはじめる。

華恵は表通りでタクシーを拾った。白戸は慎重にタクシーを尾行しつづけた。

タクシーが停まったのは、西麻布のダイニングバー『アクエリアス』だった。交際している男性が経営している店だろう。

タクシーを降りた華恵は、いそいそと店の中に入っていった。『アクエリアス』は一般住宅を店舗に改造したらしい。白い外壁の二階建てだった。

白戸は覆面パトカーをダイニングバーの少し手前のガードレールに寄せた。そして、後部座席からノート型パソコンを摑み上げた。

「『アクエリアス』のホームページを覗いてみるね」

「ああ、頼む」

「オーナーは、柏木《かしわぎ》悠輔《ゆうすけ》って男ですね。写真付きのプロフィールが出てるな。イケメンで、三十九だね」

「どれ、どれ？」

尾津はディスプレイに目をやった。『アクエリアス』の経営者はハンサムだったが、どことなく荒《すさ》んでいる。素っ堅気ではなさそうだ。目つきが悪い。

「二十代のころ、どっかの組の準構成員だったのかもしれないな。素っ堅気じゃないでしょう」

「おれも、そう感じたよ」

「ちょっと古巣に電話で問い合わせてみます」

白戸はノート型パソコンを後部座席に戻すと、捜査用携帯電話を取り出した。すぐに本庁組織犯罪対策部に電話をかけた。

終了キーを押したのは、数分後だった。

「柏木悠輔は二十一から二十六まで関東仁友会権藤組の準構成員だったよ。その当時は、六本木のバーでバーテンダーをやってた。やっぱり、保科潤と接点があったな。多分、オーナーは店内にいるんでしょう。尾津さん、店に入って柏木と華恵を追及してみようよ。井上大志の失踪について詰問すれば、自白《ウタ》うと思うんだ」

「しばらく様子を見てみよう」

尾津は急《せ》かなかった。

十分ほど過ぎたころ、二人の若い男が『アクエリアス』の厨房《ちゅうぼう》の出入口に近づいた。ドアの外で金と引き換えに何か小さな紙袋を受け取り、男たちは足早に立ち去った。

それから数分置きに若い男女がダイニングバーの調理場のドアをノックし、白いコックコートをまとった男から小さな紙袋を受け取って歩み去った。

「柏木はドラッグを密売してるようだ」

「えっ!?」

「白戸は気づかなかったのか。若い奴らが飛び飛びに『アクエリアス』の厨房を訪ね、金と引き換えに小さな紙袋を受け取った。中身は覚醒剤かコカインだろう。ＬＳＤかもしれないな。次に客が来たら、そいつに職務質問《バン》かけるぞ」

尾津は白戸に言った。相棒が黙って顎を引いた。

二十分あまり過ぎたころ、ロングヘアの二十七、八の男がダイニングバーの調理室のドアをノックした。ミュージシャンだろうか。黒いギターケースを手にしている。

尾津たち二人は静かにスカイラインを降りた。

少し待つと、長髪の男が戻ってきた。デニム地のジャケットの右ポケットが不自然に膨らんでいる。

「『アクエリアス』でドラッグを売ってるんだろ?」

白戸が男に話しかけた。

「なんの話をしてんだい!?」

「ばっくれるんじゃねえ」

「あんたたちは、何者なんだよっ」

「警視庁の者だ。そっちが万札と引き換えに小さな紙袋を受け取ったのを見てるんだよ。中身は覚醒剤《スピード》か？」

尾津は相手を見据えた。ロングヘアの男が何か喚《わめ》き、ギターケースを振り回しはじめた。尾津はステップバックし、隙を衝《つ》いて体当たりをくれた。筋肉と筋肉がぶつかる。

白戸が倒れた男を押さえ込み、デニムジャケットの右ポケットから紙袋を摑み出した。すぐに中身を検《あらた》める。

「錠剤型覚醒剤のヤーバーが五十錠ぐらい入ってた。タイやミャンマーで密造され、十五、六年前から大量に日本に入ってきたんですよ。注射を使うわけじゃないから、バレにくいんですよ」

「そのことは知ってる」

尾津は相棒に言って、ロングヘアの男を立たせた。

「氏名、年齢、職業を聞こうか」

「忘れちまったよ」

「時間稼ぎなんかしたら、罪が重くなる場合があるぞ。公務執行妨害が加わったら、書類送検じゃ済まなくなるな」

「捜査に協力するからさ、見逃してよ。おれ、名取翔《なとりしょう》、仕事は無職。プロのギタリストの振りをして、金を回してくれそうな女をナンパしてるんだ。年齢は二十八だよ」

「ヤーバーを売ってるのは、『アクエリアス』のオーナーの柏木悠輔だな？」

「そう。ほかでもヤーバーを買えるんだけど、一錠二千円と安いんだ。おそらく相当、混ぜ物が入ってると思うけどね。二年ちょっと前から、柏木さんとこで買ってる」

「柏木は店にいるな？」

「いるみたいだね。でも、品物《ブツ》を渡してくれてるのは畑《はた》っていうコックなんだよ」

「おれたちと一緒に来るんだ」

「ま、待ってくれよ。柏木さんと顔を合わせたら、危《ヤバ》いことになる。オーナーは以前、権藤組の世話になってたという話だからさ」

「仕返しなんかさせねえよ」

白戸が名取の片腕を荒々しく摑んだ。尾津たちは名取を引っ立てて、ダイニングバーに入った。

「いらっしゃいませ」

レジの近くにいた女性従業員が笑顔を向けてきた。

「客じゃないんだ」

「どちらさまでしょう？」

「警視庁の者なんだ。オーナーの柏木悠輔はどこにいるのかな？」

「奥の事務室で知り合いの女性とお喋りしてます」

「ありがとう」

尾津は相手に言って、奥に進んだ。白戸が長髪の男を引っ張りながら、後に従った。

事務室は造作なく見つかった。

尾津は軽くノックして、勝手にドアを開けた。オーナーはソファに腰かけ、膝の上に小杉華恵を跨《また》がらせていた。二人は唇を貪《むさぼ》り合っていた。

「そこまでだ」

尾津はカップルに声をかけた。驚いた華恵が慌てて柏木の膝から滑り降りる。

「あなたたちは、モデルクラブの……」

「騙《だま》して済まなかった。おれたち二人は警視庁捜査一課の者なんだ。きみの姉さんの事件を捜査してたんだよ」

「そうだったの」

「この名取って男が二年以上前から、ヤーバーを買ってることを吐いた。空とぼけても意味ないぞ」

「なんてこった」

柏木が舌打ちした。

「そっちが小杉華恵に頼まれて、七年前、井上大志を殺したんじゃないのか。そして、遺体を海の底に沈めた。それとも、どこかの山の中に埋めたのかっ」

「おれは……」

「悠輔さんは、わたしに同情してくれただけで悪くないの。同棲してた井上はろくでなしで、わたしが一日に何パケも覚醒剤を体に入れるようになったら、売春しろって言ったのよ。あいつとわたしは内縁だったけど、夫婦同然の生活をしてたのよ。それなのに……」

「おれは華恵がかわいそうに思えたんで、井上の野郎の頭《ペテン》をゴルフクラブで叩き潰して、死体を秩父《ちちぶ》の山林の中に埋めてやったんだ」

「わたしが主犯よ。悠輔さんに井上を殺《や》ってって泣いて頼んだのは、このわたしなの。悠輔さんは仕方なく井上を撲殺したのよ。だから、罪を軽くして」

「おれは、ヒモ野郎の井上のことを男の風上《かざかみ》に置けない奴だと思ってたんだ。それだから、殺意をもって奴を始末したんだよ。主犯はこのおれさ」

柏木が立ち上がって、華恵の肩を包み込んだ。

「庇《かば》い合っても、二人の罪は軽くならないぞ。被害者が最低な奴だったとしても、一応、人間だったわけだからな」

「わたし、ちゃんと罪を償《つぐな》うわ。だから、悠輔さんの刑は軽くしてほしいの」

「おれたちは判事じゃない。ただの刑事なんだ。判決に口を出せないんだよ」

「そうでしょうけど……」

「あんたは犯罪の事実を保科って男に知られちまった。で、親父さんが開いた小杉整形外科医院は乗っ取られたんだろ？」

白戸が華恵に問いかけた。

「え？」

「あんたの姉貴は妹の犯罪が明るみに出たら、小杉一族の名誉が汚れると考え、泣く泣くクリニックを手放したんじゃないのか？」

「姉は、わたしが悠輔さんに井上を殺してもらったことを知らないはずよ」

「えっ、そうなのか。なら、あんたの彼氏がかつての兄貴分の保科潤に井上を始末したことを教えたんだろう」

「チンピラだったころに保科さんと知り合いになったんだが、おれは井上を殺《や》ったことを誰にも話してないよ。そんなことをしたら、いつか捕まるかもしれないからな。そんなばかなことはしないって」

柏木が白戸と尾津の顔を交互に見た。

言われてみれば、その通りだ。ならば、保科は何を切り札にして小杉整形外科医院を手に入れたのか。小杉奈津美自身に何か弱みがあったのだろうか。

「室長に連絡して、本家の連中にここに来てもらってくれ」

尾津は相棒に指示した。白戸が懐から携帯電話を取り出した。

尾津は、三人の被疑者を椅子に坐らせた。三人とも蒼ざめていた。

2

マジックミラーの向こうは取調室だ。

尾津は、捜査一課専用の取調室に隣接している小部屋に立っていた。本部庁舎の六階である。小杉華恵と柏木悠輔を緊急逮捕した翌日の午後三時過ぎだ。

柏木が殺人犯捜査第五係の刑事たちの取調べを受けている。灰色のスチール・デスクの右側のパイプ椅子に腰かけている柏木は、すっかり観念した様子だった。七年前の殺人を全面自供し、取調官をてこずらせることはなかった。

「確認しておくが、別の取調室にいる小杉華恵の話に同情して井上大志を殺害する気になったんだな？」

取調官が柏木の顔を直視した。記録係の若い刑事も上体を捩《ねじ》って、被疑者を見ている。

「そうです」

「柏木、本当のことを言えよ。小杉華恵は、おまえに井上を始末してくれと頼んだと認めてるんだ。好きな女の罪を少しでも軽くしてやりたい気持ちはわからなくはないが、華恵はどうせ殺人教唆容疑で起訴されることになるんだ」

「華恵は、このおれを庇ってくれてるんですよ。おれが供述した通りです」

「まだそんなことを言ってるようじゃ、おまえも華恵も共謀して人を殺したことを反省してないな。被害者の井上はどうしようもない屑だったんだろう。けどな、親や姉さんもいたんだよ。殺人という凶行に走ってしまったことを心から反省してるんだったら、おまえら二人は庇い合いなんかできないはずだ。そうだろ？」

五十過ぎの取調官が諭《さと》すように言った。

「すみません。華恵に井上を消してくれって頼まれました。おれは、すぐにオーケーしました。華恵を独占したかったんですよ」

「それでいい。おまえは井上を殺《や》ったことを保科潤に話したことはないんだな？」

「ええ」

「そうか。そのことを二係の連中が確認してくれと言ってたんだ。保科が華恵の姉さんの女医を殺したのかね？」

「おれにはわかりません。けど、保科さんがクリニックを乗っ取って、二代目院長を殺《や》ったんだとしたら……」

「殺したくなる？」

「ええ、そうですね。華恵の身内にひどいことをしてたんだったら、おれ、赦《ゆる》せません」

「小杉華恵にぞっこんなんだな、おまえは」

「本気で惚れた女は、華恵だけです」

「どこに惹かれたんだい？　ルックスか、体なのかな？」

「違います。気立てですよ。華恵は育ちがいいのに、チンピラ上がりのおれを色眼鏡で見ることがなかったんです。それに、くだけた面があって、話が合ったんですよ。はぐれ者に心優しいのも魅力でしたね」

「のろけられちゃったな」

「そんなつもりじゃなかったんですが……」

柏木が照れ臭そうに笑った。

尾津は、警察関係者に〝覗き部屋〟と呼ばれている面通《めんとお》し室を出た。すると、前方から相棒がやってきた。白戸は華恵の取調べの様子をうかがっていたのだ。

「柏木は本当に保科には、井上大志を殺害したことを一言も喋ってないようだったな」

向かい合うと、尾津は先に口を切った。

「小杉華恵は、なぜ姉さんがクリニックを保科に譲り渡したのかわからないと取調室で言ってたな。保科は、小杉奈津美自身の弱みを握ってたんでしょうね」

「そうなんだろう」

「美人女医は、男関係のスキャンダルの証拠を保科に押さえられたんじゃないのかな。でも、捜査資料には小杉奈津美の詳細な異性関係は載ってなかった。奈津美は男性不信に陥ったまだったのかな」

「そうじゃなかったとしたら、社会的地位の高い妻子持ちの男と不倫してたのかもしれない」

「ああ、そうだね」

「五階の分室に戻るか」

「そうしましょう」

白戸が同意した。尾津たちはエレベーターホールに足を向けた。

ほどなく二人はアジトの刑事部屋に着いた。

「尾津、少し前に通信指令センターに入電があったんだ」

能塚が自席を離れ、大股で近づいてきた。勝又主任の姿は見当たらない。缶コーヒーでも買いに行ったのか。

「保科たち二人の潜伏先が判明したんですね？」

「そうじゃないんだ。第四の猟奇殺人事件が発生したんだよ。被害者は人気漫画家の西《さい》條寺純名《じょうじじゅんな》、三十二歳だ。ペンネームっぽいが、本名だってさ」

「現場はどこなんです？」

「杉並の善福寺《ぜんぷくじ》公園内の植え込みの奥に全裸死体が転がってたそうだ。遊歩道からは見えにくい場所だったんで、発見が遅れたんだろう。一一〇番通報が入ったのは、いまから十

三、四分前だ」
「犯行の手口は、三つの事案とそっくりなのかな？」

「通報者の話によると、人気漫画家は乳房とヒップをカッターナイフ状の物で傷つけられ、額には黒のサインペンで例の落書きが……」

「室長、被害者の恥丘は裂かれてなかったんですね？」

尾津は訊《たず》ねた。

「そうらしいんだ」

「過去の事案だと、三人の被害者はいずれも恥丘を傷つけられていた。その相違点が気になりますね」

「犯人《ホシ》は西條寺純名の恥丘も傷つけるつもりだったんだろう。しかし、人の気配を感じたんで焦って逃げたんじゃないか。被害者の首には革紐で絞められたような索条痕があったというから、同一犯の仕業と思って間違いないだろうな」

「所轄の杉並署の捜査員たちはすでに臨場してるでしょうが、本庁《うち》の機動捜査隊初動班の面々、殺人捜査係、検視官も現場に向かってるんですね？」

「そう。殺人犯七係の管理官と係長が善福寺公園に急行中らしい。大久保ちゃんの許可を取ったから、おまえたち二人も現場を踏んでみてくれないか。担当中の事案の加害者による犯行と思われるからな」

「室長、五年前の連続殺人事件の犯人がいまごろになって、四人目の女性を絞殺する気になったと思います？　おれは、違うような気がするな」

白戸が能塚に言った。

「五年前の事件で捜査の手が自分に迫ってこなかったんで、加害者はまた歪《ゆが》んだ猟奇殺人を愉《たの》しむ気になったんじゃないか」

「そうなのかなあ。模倣犯の犯行《ヤマ》とも考えられるでしょ？」

「白戸、それは考えられないよ。キャスターら三人が殺害されたのは、五年も前なんだ。記憶に新しい事件なら、真似する奴もいるかもしれない。しかし、だいぶ前の事件の犯行を真似る人間はいないだろう？」

「そうですかね」

「とにかく、二人は現場に行ってみてくれ」

「了解！　主任はどうしたんです？」

「みる貝か何かで食中《しょくあた》りをしたらしく、トイレで唸ってるよ。だから、勝又は外回りは無理だな。世話の焼ける男だよ。しかし、食中毒は辛いから、労《いたわ》ってやらないとな」

「室長は案外、部下思いだったんだ。おれ、知らなかったな」

「白戸、案外は余計だろうが。いいから、おまえら、早く出かけろよ」

室長が急《せ》かした。尾津たちコンビは分室を出て、エレベーター乗り場に足を向けた。

地下二階の車庫に下《くだ》り、スカイラインに乗り込む。白戸の運転で、コンビは事件現場に急いだ。

善福寺公園に到着したのは、およそ三十五分後だった。公園の前には立入禁止の黄色いテープが張られ、制服警官たちが立っていた。

野次馬が群れ、覆面パトカーや鑑識者が通りに連《つら》なっている。報道関係の車も多かった。尾津たち二人は制服警官に身分を告げ、規制線を潜り抜けた。公園内に足を踏み入れると、大勢の警察関係者が忙しそうに動き回っていた。

遺体は、池の向こう側の繁みの中だ。しかし、鑑識課員たちが遺留品を採取中だった。被害者には近寄れない。

尾津は視線を巡らせた。

二十数メートル離れた所に、旧知の檜山勇《ひやまいさむ》警部の姿が見える。本庁機動捜査隊初動班の主任だ。四十一歳だった。

檜山警部は杉並署の刑事と何か話し込んでいた。二分ほど経《た》つと、所轄署刑事が檜山から離れた。

すかさず尾津は、相棒とともに檜山に近づいた。

「二係分室もお出ましか。珍しいな」

檜山が尾津に顔を向けてきた。

「担当事案と犯行の手口が酷似してるんで、臨場させてもらったんですよ。おれたち、五年前の連続猟奇殺人事件の継続捜査をやってるんです」

「そういえば、その三件とよく似てるな。ただ、ちょっと違う点があるんだ。五年前の被害者たちは、確かカッターナイフで肌を深く裂かれてたよな？」

「そうですね。人気漫画家の切り創《きず》は浅いんですか？」

「ああ、そうなんだよ。西条寺純名は、わずか数ミリしか切られてない。〝牝犬《ビッチ》〟という落書きは五年前の事案の筆跡とそっくりだったが、同一かどうかはわからないな。筆跡鑑定で、いずれわかると思うがね」

「ええ。死後硬直は？」

「はじまってるな。おそらく未明に園内で殺害されたんだろう。凶器は革紐と思われる。被害者は、この近くのマンションで暮らしてたんだ。夜型らしく、明け方、公園をよく散歩してたみたいだな。歩きながら、構想を練ってたんだろう」

「杉並署の強行犯係は、地取りを開始してるんでしょ？」

　尾津は畳みかけた。

「ああ。しかし、不審者を目撃した者はいないそうだ。被害者は女子大生のころにデビューして、数年後には人気漫画家になったらしい。才能もあったらしいが、野心家だったようだよ。周囲の男たちに上手に甘えて、のし上がったと陰口をたたく同業者もいるそうだ」

「売れっ子なら、何人かアシスタントがいたんでしょ？」

「四人のアシスタントがいたそうだが、半年ぐらい前に須永亜由《すながあゆ》という二十六歳の一番弟子は被害者と口論して辞めてしまったらしいよ」

「何が原因で言い争いになったんですかね？」

「細かいことはまだわからないんだが、西條寺純名は一番弟子に必ず独立させてやるからと、いつもアイディアを練らせてたんだってさ。でも、須永亜由はなかなかプロデビューさせてもらえなかったみたいだな。さっき所轄の強行犯係の者がそう言ってた」

「被害者《ガイシャ》は姦《や》られてたのかな？」

白戸が話に加わった。

「おまえ、ストレートな表現をするね。近くに女刑事《デカ》がいたら、嫌われるぞ」

「言い直しますよ。人気漫画家は性的な暴行を受けてたのかな？」

「いや、レイプはされてないようだ。検視官の見立て通りなら、犯されてないはずだよ。衣類や下着なんかは犯人が持ち去ったと思われるが、腕時計は嵌めたままだった。金は持ち歩いてなかったようで、バッグの類《たぐい》は現場になかった。犯行動機は恨みと考えてもいいだろう。初動では、須永亜由を重点的に調べることになったんだ」

「そうですか」

「檜山さんたちは、被害者の一番弟子に疑惑の目を向けてるんですね？」

尾津は相棒を手で制し、早口で言った。

「うん、まあ。事件はきわめて猟奇的なんだが、被害者の恥丘は傷つけられてない。それから、犯されてもいないだろう。男の変質犯の仕業に見せかけて、女が人気漫画家を殺害した可能性もあると思うんだよ。頸骨《けいこつ》が折れるほど強く絞められたようには見えなかったんだ。アシスタントなら、西條寺純名が明け方によくこの公園を散歩してることは知ってるよな？」

「でしょうね。だから、一番弟子だった須永というアシスタントを怪しんだわけか」

「そうなんだが、マンションの居住者たちの話によると、被害者はアシスタントがいないときに複数の男を部屋に引っ張り込んで派手なよがり声をあげてたというから、痴情の縺《もつ》れの線も考えられなくはないね」

「男関係が乱れてたということになると、五年前の事件の被害者たちと共通点はあるんですが、犯行の手口がまったく同じではないから、模倣犯の仕業とも思えますよね」

「そうだな。おっと、部下たちが呼んでるな。地取りと鑑取りで何か手がかりを摑んだら、二係分室に情報を流してやるよ」

檜山が尾津に言って、部下たちのいる場所に駆けていった。

「須永というアシスタントが怪しいことは怪しいよね。でも、先生の仕事場兼自宅の近くで犯行に及ぶかな。マンションの居住者だけじゃなく、この近所の人たちに須永亜由は顔を知られてると思うんだよね」

白戸が言った。

「だろうな。人間の心理として、職場の近くでは犯行には及ばない気がするよ。ただ、一番弟子は被害者と諍《いさか》いを起こしてから、仕事を辞めてる。アシスタントは何かで腹を立てたんだろう。そのことが気になることはなるがな」

「そうだね。尾津さん、遺体《ホトケ》を拝ませてもらおうよ」

「ああ、そうしよう」

二人は植え込みの奥に分け入った。

と、尾津たちの前に殺人犯捜査七係の刑事が立ちはだかった。

「二係分室の人間が、なんだって臨場してるんだよ？　おたくらは、迷宮《オミヤ》入りになりかけてる事案の継続捜査班じゃないか」

「つまらないセクショナリズムに拘《こだわ》ってるから、第一期か第二期で事件の真相に迫れなかったんじゃないのかっ」

尾津は言い返した。

「偉そうに何だよ！　誰の許可を取ってるんだ？」

「うるせえんだよ」

白戸がうっとうしげに言って、相手を突き飛ばした。

尾津は人垣を掻《か》き分け、前に進み出た。死体には、青いビニールシートが被せられている。

尾津はしゃがみ、合掌した。背後にいる管理官が大声で咎《とが》めた。

「二係分室がしゃしゃり出る場じゃないだろうが！　きみらは、ただちに去れ！　これは命令だ」

「用が済んだら、消えてやる」

尾津はビニールシートを大きくはぐって、最初に被害者の顔を見た。例の額の落書きは、五年前の三件とは少し筆跡が異《こと》なっているようだった。

3

エレベーターが停止した。

『善福寺パークサイドパレス』の四階だ。西條寺純名の自宅兼仕事場は、八階である。

函《ケージ》の扉が左右に割れた。

尾津・白戸コンビは、エレベーターホールに降りた。

歩廊は、ほぼ報道関係者で埋まっていた。テレビクルーが中継中だった。被害者宅の八〇八号室には近づけない。

「警察手帳《チョウメン》をちらつかせて、マスコミの連中を追っ払うしかないね」

　白戸が小声で言った。

「それはまずいな。おれたちがテレビのクルーに撮影されたら、何かと不都合なことになる」

「あっ、そっか。でもさ、漫画誌の編集者やアシスタントが中にいて、被害者の葬儀について相談し合ってるようだから、部屋を訪ねるほかないんじゃないの？」

「関係者が部屋から出てくるのをここで待とう。その者を報道記者たちがすぐ取り囲むだろうが、身分を明かして覆面《メン》パトに導こうや」

「スカイラインの中で聞き込みをするわけだね？」

「そうだ」

　尾津たち二人は、エレベーターホールに留《とど》まった。

　二十分ほど過ぎたころ、八〇八号室から二十三、四の女性が姿を見せた。報道陣が彼女にマイクを向けたが、口を結んだままだった。

　アシスタントらしい女性は、瞼《まぶた》を腫《は》らしていた。白戸が警察手帳を呈示し、マスコミ関係者を遠のかせる。

　尾津は、目頭をハンカチで押さえている女性をケージに入れた。コンビも素早くエレベーターに乗り込んだ。

ケージが下降しはじめる。

「われわれは警視庁の者です。あなたは、西條寺純名さんのアシスタントをされてたんでしょ？」

尾津は訊いた。

「はい」

「お名前、教えてもらえるかな？」

「奈良《なら》いづみです」

「エントランスロビーで、少し質問させてもらってもいいかな。初動の聞き込みは受けたと思うが、二、三、確認したいことがあるんだ」

「わかりました」

いづみが快諾《かいだく》した。ほとんど同時に、ケージが停止した。

三人はエレベーターを降り、エントランスロビーの端まで歩いた。

「被害者の一番弟子だった須永亜由さんのことなんだが、半年ほど前にアシスタントを辞めてしまったんだね？」

「ええ」

「雇い主の人気漫画家と派手な口喧嘩をしたそうだが、きみは近くにいたのかな？」

尾津は、奈良いづみに訊《たず》ねた。

「はい、いました。亜由先輩は西條寺先生が売れっ子になってから、ほとんどの作品のキャラクターとストーリー・アイディアを考えてたんです」

「それは被害者に、そのうちプロの漫画家にしてあげると言われてたんで、須永さんは無償でアイディアを提供してたのかな？」

「そうです。先輩は四年以上もアイディアを提供しつづけたんですけど、独立させるという約束はいっこうに果たされなかったんですよ」

「それで、須永さんは先生に文句を言ったんだろうな」

白戸が口を挟んだ。

「文句をつけたというよりも、亜由先輩は西條寺先生に自分の名を〝原案協力〟という形でクレジットに入れてほしいと願い出たんです。そうしたら、先生は烈火《れっか》の如く怒って、プロ漫画家になれないようにしてやると言ったんですよ」

「だから、須永さんも態度を硬化させちゃったんだな」

「そうなんです。先生は業界内で絶大な力を持ってたんで、亜由先輩は絶望的な気持ちになってしまったんでしょうね。先輩は幼稚園児のころからプロの漫画家に憧れてたんです。斬新な画風で、アイディアも抜群でしたから、必ず夢を叶えられると後輩たちは思ってたんです。でも、西條寺先生が強く反対したら、亜由先輩はプロデビューできないでしょうね。どんな業界もそうでしょうが、会社は実力者の意見や意向を黙殺することはできないんじゃないかしら？　そんなことをしたら、ビジネスに大きな影響が出てくるでしょうから」

「そうだろうな。須永さんはカーッとなって、西條寺純名を猟奇殺人を装って亡き者にしてしまったのかね」

「亜由先輩は温厚な性格ですから、そんな恐ろしいことはしないと思います。わたしたち後輩にも優しかったんですよ。でも……」

いづみが口ごもった。尾津は相棒よりも先に口を開いた。

「でも、何なんだろう？」

「真偽はわからないんですけど、先生は亜由先輩の彼氏を奪ったという噂があるんです。その通りだったとしたら、先輩は尊敬してた西條寺先生に二重に裏切られたことになるわけですから……」

「殺意を抱いた疑いもあるってことだね？」

「は、はい」

「須永亜由さんの彼氏のことを教えてくれないか」

「友部貴明《ともべたかあき》という名で、二十九だったと思います。イケメンなんで、女性にはモテるでしょうね」

「職業は？」

「元放送作家の漫画原作者です」

「売れっ子なのかな？」

「それほど売れてはないですね。奇抜なキャラクターを創出《そうしゅつ》して一時は注目されてたんですけど、物語性にオリジナリティーがないんですよ。過去に売れた青年漫画のストーリーを繋《つな》ぎ合わせたような原作ばかりなんで、別名義で風俗情報誌のライターをやって生計を立ててるみたいですよ」

「そう。人気漫画家と親密になれば、友部という彼はふたたび漫画原作者として注目される可能性はあるな。須永亜由さんの彼氏は野心家なんだろうか」

「友部さんには二、三回会ったことがありますけど、上昇志向はあるようでしたね。なかなかの野心家なんだと思います」

「なら、人気漫画家に誘惑されたら、恋人を棄《す》ててしまうかもしれないな。西條寺純名さんが漫画誌編集者に友部貴明を強く推《お》せば、原作執筆の依頼が急増するだろうから」

「ええ、そうでしょうね」

「被害者は男関係が派手だったとか？」

「答えにくい質問ですね」

「マンションの居住者の証言によると、殺された人気漫画家はアシスタントがいない時間帯に男たちを部屋に引っ張り込んでたようなんだ」

「先生はストレス解消にはセックスが一番だと公言してましたから、そういうことをしてたのかもしれませんね。友部さんが部屋に誘い込まれてたかどうかはわからないけど」

いづみは困惑顔だった。

「須永亜由さんはアシスタントを辞めてから、どうしてるんだい？」

「カットやイラストを描いて、なんとか生計を立ててるみたいですよ」

「自宅で、そういう仕事をこなしてるんだね？」

「ええ、そうです。亜由先輩は阿佐ケ谷《あさがや》駅の近くにある『ハイム阿佐ケ谷』というアパートに住んでるんですよ。えーと、部屋は一〇一号室だったと思います」

「友部貴明さんの自宅はわかる？」

「正確な住所まではわかりませんけど、東中野二丁目のワンルームマンションを借りてるはずです。マンション名は思い出せませんけどね。亜由先輩に訊けば、教えてくれるでしょう」

「だろうね」

「話を戻すけどさ、須永さんの彼氏はまた漫画原作者として注目されてるのかい？」

白戸が奈良いづみに問いかけた。

「青年向けのコミック誌のすべてに目を通してるわけではありませんけど、少女漫画誌やレディース向けのコミック誌で友部さんのクレジットを見たことはないですね。もしかしたら、別名義で漫画の原作を書いてるのかもしれませんけど」

「そんなもったいないことはしないんじゃない？　だってさ、一時は友部貴明の名で注目されてたんだから。別の筆名を使ったんじゃ、損だと思うぜ」

「ええ、確かにね」

「西條寺純名のほうが一枚上手で、年下のベッドパートナーにおいしいことを言って、もっぱら性的なサービスをさせてたんじゃないのかな」

「わたし、わかりません」

「おっと、質問がちょっと下品だったな。若い娘《こ》は、どう答えていいのかわからなくなるよね」

「は、はい」

「ごめん、ごめん！　友部貴明がそんな扱いをされてるとしたら、怪しいのは須永亜由ひとりじゃないな。友部にも、殺人動機はあるよね」

「亜由先輩は西條寺先生とぶつかって仕事を辞めてしまったわけですけど、人殺しなんてできないと思います。最初に聞き込みに来た刑事さんは何も言いませんでしたけど、亜由先輩にはアリバイがあると思いますよ」

いづみが言って、腕時計を見た。

「急いでるようだね?」

尾津は言った。

「先生の身内の方々が杉並署の安置所に着いたらしいんで、わたし、迎えに行かなければならないんですよ」

「そうだったのか。引き留《と》めて悪かったね」

「いいえ。そんなわけですので、失礼させてもらいます」

奈良いづみが小走りに走りだした。じきに後ろ姿が視界から消えた。

「尾津さん、先に須永亜由の自宅に行ってから友部貴明の家《ヤサ》に回ってみようよ」

「そうしよう」

尾津たちもマンションを出て、スカイラインに乗り込んだ。阿佐ヶ谷をめざす。さほど遠くない。

『ハイム阿佐ヶ谷』を探し当てたのは、十七、八分後だった。

軽量鉄骨造りの三階建てアパートは、築後十年以上は経過しているだろう。外壁はライトグレイだったが、だいぶ色褪《あ》せている。

アパートの真横に覆面パトカーを駐《と》め、尾津たち二人は一〇一号室を訪ねた。部屋の主が、すぐにドアを開けた。

「須永亜由さんですよね?」

尾津は確かめてから、身分を明かした。相棒の白戸が黙って警察手帳を見せる。

「西條寺先生のことで、わたしを疑ってるんですね？　でも、わたしは事件に関与してません。杉並署の刑事さんたちが、わたしのアリバイを調べてくれました」

尾津は問いかけた。

「昨夜《ゆうべ》から早朝《けさ》にかけて、あなたはずっと自宅にいたのかな？」

「そうです。急ぎのカットを三十五点ほど描かなければならないんで、徹夜で仕事をしてたんです。二〇一号室と一〇二号室の方が、わたしが在宅中であることを証明してくれたんですよ」

「生活音を耳にしただけでは、アリバイは成立しないはずだがな」

「ええ、そうですね。わたし、気分転換のため、何度か仕事中に部屋の外に出て外気を吸ったんですよ。夜の十一時過ぎに二〇一号室の女性と顔を合わせて、今朝の八時前に出勤する一〇二号室の男性とばったりと会ったんです。杉並署の方たちは、その二人に確かめてくれたんです。なんでしたら、杉並署の刑事課の方に問い合わせてもらっても結構ですんで……」

亜由が穏やかな口調で言った。後ろ暗さがある場合は、抗議口調になるものだ。

「きみは犯人じゃないね。犯行動機がなくもなかったんで、一応、本人に会ってみることにしたんだ。気分を害されたかもしれないな」

「いいんです、気にしないでください。先生と大喧嘩してアシスタントを辞めたんで、警察に疑われても仕方ありません。わたしは西條寺先生に裏切られたんで、ものすごく腹立たしかったんです」

「被害者は、きみをプロの漫画家にしてやるからとか言って、アイディアを無償で提供させてたんだってね。後輩アシスタントの奈良いづみさんがそう証言してくれたんだ」

「わたしが甘かったんでしょうけど、まさか先生が最初から騙す気でいたとは思ってもみませんでした。だけど、先生自身がはっきりと自分のポジションを脅《おびや》かしそうなアシスタントをプロの漫画家にする後押しなんかするわけないでしょと嘲笑したんです。あのときは、わたし、衝動的な殺意を覚えました」

「そうだろうね」

「でも、すぐに冷静さを取り戻しました。西條寺純名には、殺す値打ちもないと思ったんです。あの女はわたしをさんざん利用した揚句、交際してた男性も横奪《ど》りしたんです。節操のないエゴイストでした」

「きみは、友部貴明という彼氏に裏切られたことになるわけよな」

「彼の名まで知ってるんですか⁉ 奈良いづみちゃんが、友部さんの名前を教えたんでしょうね」

「その質問には答えられないな」

「奈良さんだとしても、彼女を咎《とが》める気はありません。それから、貴明さん、いいえ、友部さんが先生の誘惑に負けてしまったことも非難する気はないんです。男性なら誰でも、大人の女の色気には惑わされてしまうでしょう」

「まだ若いのに、きみは寛大なんだな」

「寛大ではありませんよ。西條寺先生に擦《す》り寄った彼に幻滅して、きっぱりと別れたんです。愛情は一気に萎《しぼ》んで、未練もなかったですね」

「そう」

「わたしも甘ちゃんで愚かでしたが、友部さんも同類ですね。各漫画誌の編集長に売り込んでやるというルアーに喰いついて、年上の女に体を弄《もてあそ》ばれてたんですから」

「結局、セックスペットとして扱われてただけだったんだ」

「ええ、そうだったそうです。友部さんはただ性的なサービスをさせられただけで、どこの編集長にも紹介してもらえなかったと嘆《なげ》いてました。自業自得です」

「その通りだね」

「友部さんは土下座して詫び、よりを戻したいと哀願しました。だけど、わたしははっきりと断りました。やり直すことはできませんよ。無理です」

「だろうね」

「別れた彼氏は、どんなリアクションを見せたんだい？」

白戸が話に割り込んだ。

「残念そうな表情を見せましたけど、それ以上は不様《ぶざま》な姿は晒しませんでした」

「人気漫画家にうまく遊ばれたことについては、どう考えてたんだろうか」

「自分の浅はかさを自嘲してましたけど、西條寺先生を牝犬めと罵《ののし》りました。それから、何か仕返しをするつもりだと怖い顔で呟いてましたね」

「きみの元彼氏はサディストっぽいとこがあるのかな？」

「Sではないと思います。でも、ちょっと短気なとこはありますね」

「そうか。友部は東中野二丁目のワンルームマンションで暮らしてるんだよな？」

「そうです。二丁目十×番地にある『東中野エルコート』の一〇五号室を借りてるんですよ。この時刻なら、自宅にいると思います。でも、彼は人殺しなんかしないわ。野心家のくせに、割に気が小さいんですよ」

「犯罪者の大半は、小心者なんだよな。だから、心理的に追いつめられたり、怒りが膨らむと……」

「大それたことをやってしまうんでしょうか？」

亜由が訊いた。白戸が無言でうなずく。

「協力に感謝するよ。きみは才能があるようだから、いつかプロの漫画家になれるんじゃないかな。頑張って夢を摑んでくれよ。ありがとう」

尾津は部屋の主を励まし、一〇一号室のドアを閉めた。

コンビは覆面パトカーに乗り、東中野に向かった。最短コースを進む。

友部の自宅マンションに着いたのは、二十数分後だった。

三階建てのミニマンションだ。一〇五号室は、一階の奥の角部屋だった。

尾津たちはスカイラインを降り、友部の部屋に急いだ。歩廊に面した場所に設置された換気扇が回っている。

「売れない漫画原作者は部屋にいるね」

白戸が尾津の耳許で言い、一〇五号室のインターフォンを鳴らした。

なんの応答もない。相棒がチャイムを連打する。それでも、スピーカーは沈黙したままだった。

「居留守を使ってることは間違いないな。おれはベランダ側に回るから、おまえはインターフォンを鳴らしつづけてくれ」

尾津は白戸に耳打ちして、建物の横から裏側に回った。庭木が植わっていた。尾津は灌《かん》木《ぼく》の陰にしゃがみ込んだ。

その直後、ベランダ側のサッシ戸が静かに半分ほど開けられた。顔を見せた男は三十前後だ。友部貴明だろう。両手にワークブーツを持っている。

尾津は、男の動きを目で追った。

友部と思われる男は靴を履《は》くと、プランターの前で屈《かが》んだ。腐葉土《ふようど》を小さなスコップで掘り起こすと、ビニール袋を引っ張り上げた。中身は黒い革紐と大型カッターナイフだった。

友部は五年前の連続猟奇殺人事件の犯人の犯行と見せかけて、西條寺純名を殺害したのだろう。凶器を持って逃亡する気になったらしい。

男がビニール袋をパーカのポケットに突っ込み、ベランダの手摺を跨ぎ越えた。地上に飛び降りるのを待って、尾津は膝を大きく屈伸させた。相手を羽交い締めにする。

「警視庁の者だ。友部貴明だな？」

「………」

「答えろ！」

尾津は男の尾骶骨《びていこつ》を膝頭で蹴り上げた。相手が長く呻いた。

「西條寺純名を絞殺したのは、おまえなんだなっ。友部、もう観念しろ！　おれは、おまえがプランターの中から取り出したビニール袋の中身を見たんだよ。革紐と大型カッターナイフだった」

「純名はおれの鼻先に人参をぶら下げて、セックスペットとして弄びやがったんだよ。あの牝犬は最低の女だ。他人《ひと》を踏み台にして、自分だけ浮かび上がることしか考えてなかったんだよ。アシスタントだった須永亜由もさんざん利用してから、使い捨てにしやがった。おれたち二人を虚仮《こけ》にした西條寺純名は殺されても当然の悪女なんだ。生かしておいたら、もっと犠牲者が増える」

「それだから、おまえが人気漫画家を葬ったのか？」

「そうだよ。おれがやったことは殺人だが、人助けでもあったんだ」

「善人ぶるんじゃない」

尾津は友部を捻《ひね》り倒して、すぐに前手錠を掛けた。友部が意味不明の言葉を発した。

「尾津さん、大丈夫？」

相棒がマンションを回り込んできた。

「模倣犯は、こいつだったよ」

「やっぱり、そうだったか」

「杉並署に犯人《ホシ》を引き渡してやろう」

尾津は、泣き崩れた友部から少し離れた。

4

分室に戻ったのは夕方だった。

尾津・白戸班は杉並署の刑事たちに友部の身柄を引き渡し、いったんアジトに戻ったのである。

「おう、ご苦労さん！」

能塚室長が自席を離れ、コンビに歩み寄ってきた。

「友部は単なる模倣犯だったんで、とんだ回り道をさせられました」

尾津は微苦笑した。

「そうなんだが、おまえら二人で漫画家殺しの犯人《ホシ》を割り出したんだから、たいしたもんだよ。初動捜査中だった所轄署と本庁《うち》の機捜初動班は面目《めんもく》丸潰れだろうが、おれはいい気分だよ。本家の大久保ちゃんも鼻高々だと思うね」

「たまたま運がよかっただけですよ。それに担当事案と犯行の手口が何もかも同じというわけじゃなかったんで……」

「そうだな。西條寺純名の恥丘は、なぜか傷つけられていなかった。傷口も浅かったし、例の落書きの筆跡も少し違ってるようだと尾津は電話で言ってたからな。そういう報告を受けたとき、おれも模倣犯の仕業かもしれないと一瞬、思ったんだ」

「室長、なんか後出しジャンケンっぽいな」

白戸が言った。

「おれはそんな狡《ずる》い男じゃないぞ。本当に模倣犯の犯行《ヤマ》かもしれないと思ったんだ、ちらりとだけどな」

「そういうことにしておきますか」

「白戸、おれを舐めんな。こっちは殺人捜査のベテランなんだぞ」

「わかってますよ」

「おれの勘はまだ鈍《にぶ》ってないことがわかったが、おまえたちも成長したよ。やる気がありゃ、刑事は伸びるもんだ。意欲がなきゃ、能力は伸びないけどな」

能塚が言いながら、勝又主任に視線を向けた。スマートフォンを覗き込んでいた主任が急に顔をしかめた。

「勝又、どうした？」

「まだ腹の具合が本調子じゃないんですよ」

「例のアイドルユニットのコンサートに行くんじゃないだろうな？」

「違いますよ。トイレに行ったら、そのまま早退《はやび》けさせてくれませんか。早く体調を元通りにしないと、持ってる能力を発揮できませんからね」

「早退してもいいよ」

室長が許可した。勝又は椅子から立ち上がり、リュックサックを背負った。曖昧な笑みを浮かべて刑事部屋を出ていった。

「勝又は、おれがおまえたち二人を誉《ほ》めたことが面白くないんだよ」

「室長に厭味《いやみ》を言われたんで、主任は居たたまれなくなったんでしょう。能塚さんは少し勝又さんに厳しすぎるんじゃないかな」

尾津は遠回しに忠告した。

「おれはなんとか勝又にやる気を出してもらいたいんだよ。奮起してもらいたいんだ。あいつだって、覇気さえあれば、それなりに手柄を立てられるはずだ」

「そうでしょうね」

「中年にもなって十代のアイドルにうつつを抜かしてるのは、精神が歪《ゆが》んでるにちがいない。勝又に大人の女性の魅力を教えてやりたいが、あいつ、青い果実にしか興味がないみたいだから、手の打ちようがないよ」

「女性の好みや恋愛観は人それぞれですから、あまり深く立ち入らないほうがいいんじゃないんですか」

「そうだな。そのうち勝又も使命感に目覚めるだろう。それまで、ほっといてやるか」

「そのほうがいいと思うな」

「ああ、そうするよ。それはそうと、保科潤は愛人の田代ちはるとどこに潜伏してるのかね？　おれは、保科が連続猟奇殺人事件の主犯と睨んでるんだが……」

能塚が腕を組んだ。

そのとき、二係の大久保係長が分室に駆け込んできた。緊張した顔つきだった。

「能塚さん、保科潤が河口湖畔の貸別荘の近くで殺されました。手術用メスで頸動脈を切断されたようです。山梨県警の情報によると、一一〇番通報者は被害者と行動を共にしていた田代ちはるだそうです」

「保科はひとりで外出してたのかな？」

「ええ、近くを散歩してくると貸別荘を出たようです。でも、なかなか戻ってこないんで、ちはるは貸別荘の周《まわ》りを捜し歩いていたら、林道に保科が倒れてたらしいんです。すでに息絶えてたそうですよ。遺体のそばには、血塗《ちまみ》れの外科手術用メスが転がってたという話でした。遺体は富士吉田署に安置され、明日、県内の医大法医学教室で司法解剖されることになってるそうです」

「保科がてっきり五年前の連続殺人事件の主犯だと思ってたが、そうじゃないんだろうか。それとも、保科は雇った殺人《コロシ》の実行犯と何かで揉めて殺《や》られてしまったんだろうか」

「代理殺人を請け負った実行犯が雇い主の弱みにつけ込んで、保科に成功報酬以外に口止め料を要求してたのかもしれませんね」

「だが、保科は要求を突っ撥《ぱ》ねた。それだから、殺されることになったんだろうか」

能塚が呟くように言った。

「そうだとしたら、実行犯は医療関係者なんですかね。手術用のメスなんか、一般の人間は手に入れられないでしょうから」

「だろうね」

「あっ、もしかしたら……」

「大久保ちゃん、加害者に思い当たったようだな」

「ええ。小杉奈津美の弟の卓弥は、整形外科医ですよね。勤めてる東日本医大附属病院から無断で手術用メスを持ち出すことは可能でしょう。保科に親が開業したクリニックを乗っ取られた恨みもあるから、殺害動機はありますよ」

「そうだな。尾津たちの聞き込みの後、小杉卓弥は姉の奈津美の殺害の首謀者は保科だと調べ上げたとも考えられるね。卓弥は、下の姉の弱みを握って小杉整形外科医院を乗っ取った経済やくざをどうしても赦《ゆる》せなくなって、凶行に走ってしまったのかもしれないぞ」

「室長、ちょっといいですか。外科手術用メスが現場に遺《のこ》されてたのは、なんだか作為的な気がするんですよ」

尾津は言った。

「小杉卓弥は保科の頸動脈を切断したとき、まったく冷静さを失ってたんだろう。メスを事件現場に遺すことは命取りになるとも思わずに、一秒でも早く逃げることだけを考えてたんじゃないのか」

「冷静さは失ってたでしょうね。殺人に馴《な》れてるわけではないですから。でも、凶器を事件現場に遺棄しておいては危《ヤバ》いことになるという判断ぐらいはできたはずですよ」

「そうかな」

「保科を殺害した者が小杉卓弥の犯行と見せかけたくて外科手術用メスで犯行に及び、わざと凶器を現場に遺《のこ》したと推測すべきだと思いますよ」

「おまえは、どう筋を読んでるんだ？」

室長が白戸に問いかけた。

「尾津さんが言ったように、メスが現場に遺されてるのはいかにも不自然な感じだよな。偽装工作と見るべきだと思うね。それから、保科は代理殺人の実行犯とトラブってたという根拠もないでしょ？」

「根拠といえるものは、ま、ないな。ただ、おれの勘は割に当たるんだよ」

「それだけじゃ、あまり説得力はないでしょ？」

「白戸は、はっきり物を言うな。確かに勘の的中率は百パーセントじゃない。確率は七、八十パーセントだな」

「そんなに高くないでしょ？」

「おまえは、おれを使えない刑事と思ってやがるのか？」

「そこまで言ってないでしょ？」

「まあ、まあ」

大久保係長が仲裁に入った。

「確率のことは、いったん横に置こうや。でもな、考えてみろ。小杉卓弥は父親が開業したクリニックを保科に乗っ取られて、上の姉さんも経済やくざに雇われた奴に殺されたかもしれないんだぞ。小杉卓弥は保科を憎んでたはずだ。下の姉貴の華恵が殺人教唆容疑で正式に起訴されたら、職場にも居づらくなるだろう」

「室長、ちょっと待ってほしいな。保科が小杉整形外科医院を手に入れたことは間違いないが、まだ五年前の連続猟奇殺人事件の主犯だという裏付《ウラ》けが取れたわけじゃないでしょ？」

「そうだが、保科は限りなくクロに近い」

「疑わしい点はあるが、まだ断定はできないんだよな」

「尾津の意見を聞かせてくれ」

「保科は、室長が推測したようにクロっぽいですよね。おれは逃亡中に経済やくざが殺害されたことに何か引っかかるんですよ。逃亡中の無法者を追っかけるなんてことは、一般人には簡単には出来ないでしょ？　小杉卓弥は保科に対して強い憎悪を感じてたでしょう。憎悪が殺意に変わってたとしたら、もっと以前に保科を殺《や》ってたんじゃないかな。そんな気がします」

「まだ若いから、人殺しを決行するだけの度胸がなかったんだと思うよ。殺人者になってもいいと覚悟するまで何年もかかったにちがいない」

「そうなんだろうか」

「おれは小杉卓弥が保科を殺《や》ったんだと推測してる。白戸と一緒に働いてる大学病院に行ってみてくれないか。職場にいなかったら、成城の自宅に回ってくれよ。とにかく、探りを入れてほしいんだ」

「わかりました」

尾津は室長に言って、白戸とアジトを出た。

二人は五階から地下二階の車庫に下り、覆面パトカーに乗り込んだ。新宿区内にある小杉卓弥の職場に向かう。数十分で目的地に着いた。

小杉は下の姉が逮捕された翌日から休職しているという。尾津たち二人は、小杉の自宅に回った。小杉宅の前には、山梨県警の捜査車輛が駐《と》められている。白っぽいエスティマの車内には、誰も乗っていなかった。

「県警機捜初動班か、富士吉田署の刑事が訪ねてきたようだな。おそらく事件現場には、メス以外の物が遺留されてたんだろう。白戸、車をエスティマの後ろにパークしてくれ」

尾津は相棒に指示した。

「山梨の捜査員が出てきたら、情報を貰うんだね？」

「そうだ」

「山梨まで行く手間が省《はぶ》けたな」

白戸がスカイラインを路肩に寄せ、すぐにライトを消した。

「室長は小杉卓弥が保科潤の頸動脈をメスで掻き切ったと疑ってたが、加害者は別人だな。凶器のメスを事件現場に遺《のこ》して逃げるなんて、考えられないよ」

尾津は言った。

「おれも、そう思うね。けど、小杉卓弥に濡衣《ぬれぎぬ》を着せようとした奴に見当がつかないんだよな。尾津さんはどうなの？」

「おれも同じだよ。おそらく保科は五年前の連続殺人事件の主犯格が誰なのか調べ上げて、その相手を強請《ゆす》ってたんだろう」

「それだから、消されてしまったのか。うん、考えられるね。金に貪欲《どんよく》だった保科なら、そういうことをやりそうだからな。なぜ、キャスター、経営コンサルタント、女医の三人を亡き者にした奴は、小杉卓弥を殺人犯に仕立てようとしたんだろうか」

「大学病院から成城に来るまで、おれはずっとそのことを考えてたんだ。担当事案の首謀者は小杉一家に何か恨みを持ってる人物なのかもしれないな。そいつはそれだけじゃなく、直接か間接は別にして美人キャスターだった高瀬彩香や経営コンサルティングの仕事をしてた岩佐真紀と繋がりがあったにちがいない」

「そう筋を読まなきゃ、三人の被害者が相次いで殺された説明がつかないよね。殺された女たちはそれぞれ周りの男たちを利用しながら、ステップアップしたようです。特にキャスターだった高瀬彩香は肉体を武器にして、のし上がった印象が強いな。岩佐真紀も似たようなことをして、インテリ経済やくざの保科とくっついたんだろう」

「ああ、おそらくな。女医だった小杉奈津美は三人の中では最も身持ちがよさそうだが、保科の脅迫に屈しながらも、一緒に温泉旅行に出かけてたわけだ。だから、男を手玉に取る強《したた》かさはあったんだろう」

「でしょうね」

「女医は保科が難癖をつけてクリニックの共同経営を持ちかけてきたとき、いったんヤメ検の大物弁護士の力を借りて脅迫者を追っ払ってる」

「でも、その後、小杉整形外科医院は保科に乗っ取られてる。次女の華恵の殺人教唆の件で強請られてクリニックを手放さざるを得なくなったと読んでたわけだけど、そうじゃなかった。保科は別の何かを脅迫材料にして、クリニックを乗っ取ったと思われる。尾津さん、そうですよね？」

「そう筋を読んだことは間違いじゃないと思うよ。小杉奈津美は、大物弁護士の椎名優と不倫関係にあったとは考えられないか？」

「それ、考えられるね。元検事の弁護士は複数の大企業と顧問契約を結んで、各社から年に一億円以上の顧問料を貰ってる。年収十億円以上も稼いだら、健康な男は女遊びをするようになるでしょう。尾津さん、椎名弁護士は高瀬彩香、岩佐真紀、小杉奈津美の三人を愛人にしてたんじゃない？」

「五年前、すでに大物弁護士は五十七歳だったんだ。三人の愛人を持つほどスタミナはないだろうが？」

「寿命が延びたから、五十代なら男盛りだと思うな。三人の美女と不倫してた可能性はありますよ」

「そうかな」

「被害者たちはそれぞれジェラシーから、自分以外の愛人とは手を切れと椎名弁護士に迫ったんじゃないのかな。そうしてくれなかったら、三人の愛人を囲ってることを奥さんに告げ口すると脅迫したのかもしれない。あるいは、法外な手切れ金を要求したんじゃないんだろうか」

「椎名優は不倫のことが妻にバレることを恐れて、殺し屋《プロ》に三人の女たちを始末させた？」

「もしかしたらね」

「法律で飯を喰ってる人間は、犯罪が割に合わないことをよく知ってる。そんなことは考えないさ」

「悪徳弁護士が過去に何人も資格を剝奪されてるんだから、心理的に追い込まれたら、法律家でも一般の人間と同じことを考えると思うな」

白戸は譲らなかった。

会話が中断したとき、小杉邸から二人の男が出てきた。四十代後半と二十七、八のコンビだった。どちらも眼光が鋭い。

尾津たち二人は車を降り、二人の男に身分を明かした。男たちは富士吉田署刑事課強行犯係員だった。保科が殺害された現場に名刺入が落ちていて、小杉卓弥の名刺が十八枚入っていたという。

「それで、小杉卓弥さんは自分の名刺だと認めたんですか？」

尾津は、四十七、八の望月《もちづき》という刑事に訊いた。

「いいえ、自分の物ではないと言ってます。それから、河口湖周辺には出かけてないとも言いました。終日、自宅にいて、午後四時半ごろにピザのデリバリーを頼んだとおっしゃったんで……」

「ピザ屋に確認したんですね？」

「そうです。小杉さんのおっしゃった通りでした。保科潤を殺害した犯人《ホシ》が小杉さんに罪を被せようと小細工を弄《ろう》したんでしょう。現場に外科手術用のメスが遺されてるのは、なんか不自然だとは感じてたんですがね」

「初動で不審者の目撃情報は？」

「ありません。もう十月なので、貸別荘を利用してるのは被害者と連れの女性の二人だけだったんですよ。二人は数日前にロッジを偽名で借りてたんですが、そのときから貸別荘の利用者はひとりもいなかったんですよ。別の人たちがロッジに泊まってたら、誰かが怪しい者を見てたんでしょうがね」

「そうだったと思います。われわれは五年前の未解決事件に保科潤が関わってるかもしれないと行方を追ってたんですが、残念な結果になってしまいました」

「こちらの捜査も、初動では解決は難しいでしょう。お互いに頑張りましょうよ」

望月刑事が言って、若い相棒とエスティマに乗り込んだ。すぐにエスティマは走り去った。

「やっぱり、小杉卓弥は犯人に仕立てられそうになっただけなんだな」

白戸が言った。

「そうだな。東京にずっといた人間が河口湖の近くで保科を殺《や》れるわけない」

「ああ。それにしても、幼稚な偽装工作をしたもんだな。メスと整形外科医の偽名刺を置いといても、じきに工作は見破られるのにね」

「保科を抹殺した真犯人《ホンボシ》は、ミスリードで少し時間を稼ぎたかったんだろう。逃げる時間を稼げればいいと考えてるにちがいないよ」

尾津は相棒に言い、小杉宅のインターフォンを鳴り響かせた。

少し経《た》ってから、小杉卓弥の声で応答があった。

「どなたでしょう?」

「警視庁捜査一課の尾津です。先日は、ご協力ありがとうございます。また、少し話を聞かせてほしいことがありまして……」

「申し訳ありませんが、日を改めてもらえませんか。保科が河口湖畔の貸別荘のそばで殺されたことはご存じでしょ？」

「ええ」

「誰かがぼくを保科殺しの犯人に仕立てようとしたらしく、少し前まで山梨県の刑事さんたちが家にいたんです。下の姉が七年前の事件で捕まったんで、職場で働きにくくなったんですよ。自分の将来のことで、頭が一杯なんです。誰とも会いたくない心境なんですよ」

「わかりました。日を改めましょう。一つだけ教えてほしいんだ。上のお姉さんは、元検事の椎名弁護士とは特別な間柄だったんでしょ？」

「そうだったんですが、亡くなる前には椎名さんと別れたんじゃないかな。上の姉は椎名さんが離婚して自分を後妻に迎えてくれると信じてたみたいなんですよ。でも、椎名さんは自分のほかにも不倫してる女性がいると知って怒ってました」

「その別の不倫相手はどこの誰なのかな？」

「そこまではわかりません。でも、姉の奈津美は探偵社の調査員に何日か椎名さんを尾行させて、複数の不倫相手がいることを知ったようです。当然、彼女たちについては調査員から詳しい報告を受けたはずですよ」

「そうでしょうね」

「椎名さんは女好きみたいで、高級クラブのホステスたちをちょくちょくお持ち帰りしてたらしいんです。傷ついた姉は手切れ金をたっぷり貰って、保科からクリニックを買い戻すつもりだと言ってたんですけど……」

「その前に事件に遭《あ》ってしまったわけか」

「多分、姉は椎名さんから手切れ金は貰ってないと思います」

「その件で、きみは椎名弁護士に確かめてみなかったの？」

「姉と椎名さんは内縁関係というわけじゃなかったんです。だから、手切れ金を云々《うんぬん》する権利なんかないでしょ？」

「そうだね」

「もう勘弁してください。ぼくは精神的に本当にまいってるんです」

「早く寝《やす》むんだね」

尾津は優しく言って、門柱から退《さ》がった。

第五章　怪死の背景

1

　卓上で携帯電話が鳴った。

　尾津はシンクに向かって、パン皿やマグカップを洗っていた。自宅マンションだ。

　小杉宅を訪ねた翌朝である。朝食を摂《と》り終えたばかりだった。

　尾津は蛇口の栓を閉め、ダイニングテーブルに置いたモバイルフォンを摑み上げた。

　発信者は、第二係の大久保係長だった。血圧の高い能塚室長が脳梗塞《のうこうそく》か、狭心症で倒れたのか。

　尾津は通話キーを押し、携帯電話を耳に当てた。

「能塚さんが倒れたんですか？」

「そうじゃないんだ。朝っぱらから電話したんで、びっくりしたろうね。実は五年前、高瀬彩香の事件で高輪署の捜査本部に出張《でば》ってた三好要《みよしかなめ》管理官が今朝《けさ》の六時前に急死したんだよ」

「えっ!?　三好警視はまだ四十六歳ですよね？」

「そう。若死にだよな。管理官は自宅近くの歩道橋の階段から足を踏み外して転落してしまったんだ。死因は脳挫傷だろうね」

「三好さんは準キャリアだったが、一般警察官《ノンキャリア》を見下すようなことはなかった。気骨もありました」

「ああ、好漢だったね。所轄の大森署は単なる事故死と見てるようだが、わたしは三好管理官は誰かに突き落とされて死んだのかもしれないと思ってるんだ」

「他殺かもしれないと思ったのは、なぜなんです？」

「三好警視はキャスター殺しの捜査本部が解散になっても、非番の日に非公式に単独で捜査を続行してたんだ。事件の継続捜査をしてた二係には気を遣《つか》って、そんな素振りも見せなかったけどね」

「で、管理官はどの程度、真相に迫れたんです？」

「断片的な情報しか得てないんだが、三好管理官は連続猟奇殺人事件の犯人と目《もく》された深谷智史が本当に心神喪失者かどうか調べ回ってたらしいんだ。深谷を尾行したり、精神鑑定をした城南医大の俊堂彰《しゅんどうあきら》教授の私生活も探ってたようだ」

「三好警視は、俊堂教授が何らかの理由で深谷を心神喪失者と虚偽鑑定をして、刑罰を免《まぬか》れさせてやったのではないかと疑ってたんですね？」

「そうだったんだろう」

「で、どうだったんです？　精神鑑定はインチキだったんでしょうか？」

「いや、それは立証できなかったんだろう。鑑定が正しくないという証拠があれば、管理官は告発してるはずだ」

大久保が言った。

「ええ、そうでしょう」

「三好警視はね、五年前に彩香の事件を担当してた捜一殺人犯捜査五係の宇崎滋《うざきしげる》係長の身辺も嗅ぎ回ってたようなんだ」

「確か宇崎さんは四年ぐらい前に依願退職して、運送会社を興《おこ》したんじゃなかったかな」

「そうだよ。五十三のときに退職し、会社を立ち上げたんだ。宇崎さんは在職中から事業家になりたいと言ってたから、夢を実現させたわけだよ」

「会社は順調なんですか？」

「長距離トラック八台でスタートした『宇崎運輸サービス』は飛躍的に売上を伸ばして、いまやトラックは六十数台に増えてる。北品川に自社ビルを有してるそうだ。宇崎さんは商才があるんだろうね。腰が低いから、商売に向いてるんだと思う」

「早期退職したわけだから、退職金は二千万円ちょっとだったんだろう。それを元手に事業に乗り出しても、長距離トラック八台は購入できないでしょ？」

「宇崎さんは刑事をやりながら、せっせと事業資金を貯《たくわ》えてたんだろうな。あるいは、事業に投資してくれる人がいたんだろう」

「そうなのかもしれませんね」

「宇崎さんのことまで三好管理官が調べ回ってたという話を耳に挟んで、わたしは無罪放免になった深谷は〝予《あらかじ》め用意された犯人〟だったのかもしれないと思ったんだよ。穿《うが》ちすぎかな？」

「警察OBの宇崎さんを怪しむことになるんですが、係長の推測は的外《まとはず》れじゃない気がします。深谷が本当に心神喪失者なら、犯人であっても法的には裁《さば》けません」

「そうだね。捜査は幕切れになる。しかし、どうも釈然としないんで、二係《うち》が連続猟奇殺人事件の継続捜査をするようになった。だが、特に進展はなかった。それで、分室にバトンタッチしてもらうことになったわけだ。こういうことを軽々しく口にしてはいけないんだろうが、わたしは個人的には深谷はダミーの犯人だったのではないかと思ってる」

「大久保さんが用意してくれた捜査資料によると、深谷は金銭に異常なほどの執着心があるようですよね？」

尾津は確かめた。

「ああ、それは間違いないんだ。深谷は物事を論理的に考えたり、善悪の判断はできないんだが、札束を見せると……」

「急に目を輝やかせるんですね?」

「そうなんだ。それでね、見せた札束を自分の物だと言い張るんだよ。金を餌《えさ》にすれば、言いなりになってしまうかもしれないな。そうだとしたら……」

「宇崎さんが心神喪失者の深谷智史を三件の殺人事件の犯人ということにして、捜査の幕引きを企《たくら》んだ疑いもあるな」

「昔の身内に疑惑の目を向けたくはないんだが、宇崎さんが主に深谷の取調べをやって自供させたことが引っかかるんだよ」

「そうですか。能塚室長は、三好管理官が急死したことを知ってるんですかね」

「実は尾津君に電話する前に、能塚さんの携帯を鳴らしたんだ。それで、三好警視の死は今回の事案とリンクしてる気がすると言ったんだよ」

「室長はどう言ってました?」

「能塚さんは、なんの繋がりもないだろうと即答したよ。分室室長の勘はよく当たるんだが、今度ばかりは外れてると思うな」

「室長が勘や経験則を大事にするのは必ずしも悪いことじゃないと思いますが、科学捜査の時代ですから、直感を優先させるのは……」

「まずいだろうね。去年一年間で全国の警察が行なったDNA型鑑定件数は、およそ二十六万七千件にのぼる。十年前の八十七倍にまで増加した」

「ええ。九年前の二〇〇四年十二月に警察庁がDNA型鑑定結果をデータベース化したんで、全国的に容疑者の絞り込みが短縮されました。早い場合は、一両日で結果が出ます。遅くても数ヵ月以内には鑑定できるようになったのは、自動分析装置を使って九ヵ所を観察する新鑑定法が導入されたからでしょう」

「ああ、そうだね。二〇〇六年に観察ポイントが十五ヵ所になったら、精度は約四兆七千億人に一人まで上がった。自白よりも客観的な証拠を重視する流れが強まるのは、いい傾向だよ」

「おれも、そう思います。ただ、鑑定件数がもっと増えたら、入力ミスも増えるでしょうね。それから予算には限りがあるんで、観察ポイントを減らすことになるでしょう」

「だろうね。鑑定一件あたり、試薬などの検査代が一万円以上もかかる。しかし、今年度の予算は二十四億八千万円しかない。人為的《じんいてき》なミスは避けられないだろう。ことにデータベースへの登録ミスが増えそうだな。それでも、刑事の勘や容疑者の自白に頼った昔ながらの捜査よりも大きな前進だろう」

「そうですね」

「別にアナログ型の能塚さんの悪口を言ってるわけじゃないんだ。室長にもう少し柔軟性があればと思ってるだけなんだよ」

「わかってます」

「能塚さんは三好警視の死と五年前の連続殺人はリンクしてないと言ってたが、わたしは何か結びついてると睨んでるんだよ。きみと白戸君は、きょうはどう動けと室長に指示されてるのかな?」

「まだ特に指示はありません」

「それだったら、三好要警視の死の真相も合間を縫《ぬ》って白戸君と一緒に調べてもらえないか。能塚さんには覚《さと》られないようにしてね」

「わかりました」

「わたしの筋読み通りだったら、能塚さんにはちゃんと話をするよ。頼むね」

大久保が電話を切った。

尾津は終了キーを押して、すぐに白戸のモバイルフォンを鳴らした。スリーコールで、通話可能になった。

尾津は、大久保係長との遣《や》り取《と》りを相棒に話した。

「おれも、三好管理官は誰かに歩道橋の階段の上から突き落とされて死んだんだと思うね。OBの宇崎滋は、心神喪失者の深谷智史に何十万か数百万円かをちらつかせて自分の質問にすべてイエスと答えろと言い含め、犯人役を演じさせたんじゃない?」

「どうして、そう思ったんだ？」

「元五係長の宇崎は事業家になりたがってたんだよね？　けど、退職金と貯金だけじゃ、何千万もする長距離大型トラックを八台も購入できないでしょ？　事務所を設けて、駐車場も作る必要がある。とても自分だけでは事業資金を調達できないと思うな」

「自宅を担保にして銀行から金を借りたか、スポンサーがいたのかもしれないじゃないか」

「将来性のあるベンチャー・ビジネスなら、金を貸してくれる銀行や投資家もいるだろうね。でも、ありきたりの運輸会社に金はどこからも集まらないでしょ？」

「そうだろうか」

「宇崎滋は五年前の連続殺人事件の主犯を割り出して、裏取引を持ちかけたんじゃないのかな。ダミーの犯人を用意して捜査を打ち切るようにしてやるから、数億円の事業資金を提供してくれないかとね」

「権力を握った政治家、財界人、エリート官僚たちが警察の上層部に圧力《アツ》をかけて犯罪をうやむやにさせたケースは過去に何件かあったよな？　法の番人であるべき捜査機関も、有力者たちとは裏で繋がってる。しかし、短い間に三人の女性が殺害されたんだ。そんな凶悪な犯罪を揉み消すほど警察庁や本庁《うち》の上層部は堕落してないだろう。そう思いたいじゃないか」

「ですよね。警察の上層部はそこまで腐り切ってないでしょ？　相変わらず、こっそりと裏金づくりに励んでるみたいだけど」

「心神喪失者を犯人に仕立てて真犯人を捜査圏外に逃がしてやったのは、元殺人犯捜査五係長の宇崎の個人的な背信なんではないかと白戸は思ってるんだな？」

「そう。警察内部に宇崎を手助けした奴がいるかもしれないけど、偉いさんたちは絡んでないでしょう。仮に元首相クラスの超大物に事件の揉み消しを頼まれても、殺害されたのはひとりじゃない。三人も殺《や》られてるんです。どんなに出世させてやると言われても、協力する警察官僚はいないと思うな。エリートたちは、押しなべて保身本能が強いでしょ？」

白戸が言った。

「ああ、その通りだな。特に組織の中でぬくぬくと生きてる偉い連中は臆病《おくびょう》だ。しかし、自分の才覚でビッグになった有力者は肚《はら》が据《す》わってるんじゃないか」

「そうだね。宇崎が心神喪失者を犯人に仕立てて幕引きを図ったんだとしたら、裏取引をした相手は役人なんかじゃないでしょう。政治家や企業経営者なのかもしれない。それから、大物弁護士なんかだろうね」

「元検事の椎名弁護士は女医の小杉奈津美と親密な仲だったし、キャスターだった高瀬彩香とも男女の関係だったと思われる。ただ、経営コンサルタントをしてた岩佐真紀とは不倫関係じゃなかったようだ」

「椎名優が三人の被害者と愛人関係にあったんだったら、宇崎の取引相手と思われるんだけど……」

「別の実力者が宇崎滋にダミーの犯人を見つけさせたのかもしれないな。白戸、とにかく登庁しよう」

尾津は通話を切り上げ、外出の支度を整えた。ほどなく自宅を出て、最寄《もよ》り駅に向かった。

分室に着いたのは、午前八時四十分ごろだった。すでに能塚は自席に着いていたが、勝又主任と白戸は登庁していなかった。

尾津は室長の机に歩み寄り、前日の経過を詳しく報告した。

「小杉卓弥は保科殺しではシロだな。保科は、五年前の殺人事件の実行犯に口止め料を要求されてたんじゃないか。経済やくざに頼まれて三人の女性を始末した奴は、保科を貯金箱にする気だったんだろう。しかし、保科は相手の威《おど》しにはビビらなかった。だから、汚れ役を引き受けた殺し屋《プロ》は腹を立てて……」

「室長は、まだ保科が五年前の連続殺人の首謀者だと思ってるのか」

「やっぱり、保科はクロだよ。しかし、主犯は殺されてしまったんだ。保科の交友関係を白戸と一緒にとことん洗ってくれ。汚れ役を引き受けた奴を割り出せば、今回の事案は落着するだろう」

「室長の指示通りに動きますが、心神喪失者の深谷智史のことを調べ直す必要があるんじゃないですか？」

「深谷は精神障害者だから、取調官が訊いたことには適当にうなずいたんだろう。かつて五係にいた宇崎はとにかく点数を稼ぎたかったんで、深谷を地検送りにしたにちがいない。でも、精神鑑定で深谷は心神喪失者だとわかった。結局、捜査は振り出しに戻って二係が継続捜査することになったわけだ」

「室長、宇崎さんが真犯人と裏取引したとは考えられませんかね？」

「それ、どういうことなんだ⁉」

能塚が高い声を発した。

「警察ＯＢは事業資金が欲しくて、真犯人のためにダミーの加害者を用意したのかもしれません」

「そ、そんなことは考えられないよ。深谷は精神のバランスを崩してるんだ。宇崎が深谷を抱き込もうと考えてたとしても、言ってることがちゃんと伝わらなかっただろう」

「ええ、深谷は何を頼まれてるのか理解できなかったでしょうね。しかし、金の話で釣られたら、言われたままに取調官の質問にすべて〝はい〟と答えることはできたと思うな」

「そうかね？」

「宇崎さんはそれで深谷を加害者として地検に送致した。精神鑑定の結果が出て、深谷は釈放されたんでしょう」

「ところが、そうはならなかった。宇崎滋は、その段階で捜査が打ち切られると思ってたんでしょう」

「そのことは誤算だったのでしょう。それでも、捜査本部の目を晦《くら》ますことはできたんじゃないのかな。宇崎さんは、真犯人にそれなりに感謝されたでしょう」

「真犯人《ホンボシ》に見当はついてるのか？」

「まだ顔は透《す》けてません」

「でも、思い当たる人物はいるんだな？」

「ええ、まあ。東京地検特捜部部長だった椎名弁護士は、美人キャスターや女医と親しい間柄だったと思われます。経営コンサルタントの岩佐真紀とは男女の関係じゃないだろうが……」

「元検事の大物弁護士が三人の被害者と不倫関係にあったんだったら、捜査対象者のリストに入れてもいいだろう。しかし、岩佐真紀とは特別な関係じゃなかった。椎名優を怪しむのは時間の無駄だよ」

「そうですかね」

「白戸と二人で、保科の交友関係の洗い直しを急いでくれ。そうすれば、きっと五年前の連続殺人の実行犯がいるはずだ。そいつが保科を殺《や》ったんだろう」

「指示に従います」

尾津はソファセットに歩《ほ》を運んだ。

2

スカイラインのエンジンが始動した。

相棒がシフトレバーをＰ《パーキング》レンジに入れる。

「三好管理官が転落した現場に行って、大森署に回るんだね？」

「いや、その前に城南医大に行こう」

尾津は白戸に言った。

「俊堂に会っても無駄だと思うがな。精神鑑定にミスがあったとしても、教授がそれを認めるはずはないでしょ？」

「俊堂教授の私生活を調べるんだよ。派手な暮らしをしてるようだったら、誰かに抱き込まれて故意に深谷を心神喪失者と鑑定したのかもしれないじゃないか。昔、精神医学の本を読んだことがあるんだが、心神喪失の見極めはきわめて難しいらしいんだよ」

「確か俊堂は検察側の依頼で、深谷の精神鑑定をやったんだったよね？」

「そうだ。弁護人側の精神鑑定で、深谷は心神喪失とされたんだが、検察側はそれを不服だと主張して俊堂彰に鑑定依頼をしたんだよ」

「結局、同じ鑑定が出たんで、深谷には刑罰は科せられなかったわけだ」

「そう」

「尾津さんさ、こういうことは考えられないかな？　弁護側と検察側の精神科医が連続猟奇殺人事件の主犯か、当時の取調官の宇崎滋に何か弱みを握られた。それで、中程度の精神障害者だった深谷を〝心神喪失者〟と鑑定した」

「白戸、冴《さ》えてるじゃないか。元暴力団係《マルボウ》刑事としては上出来だよ」

「誉《ほ》められてるのかな、おれは。それとも、けなされてるのか」

「もちろん、おれは誉めたんだよ。それはともかく、捜査資料によると、弁護人に雇われたのは東都医大の小板橋喬《こいたばしたかし》教授だったと思うが……」

「確かそういう名でしたよ。城南医大に行ってから、東都医大にも回ったほうがいいんじゃないかな」

白戸が言いながら、覆面パトカーを発進させた。

城南医大は品川区内にある。二十数分で、目的地に着いた。スカイラインを広い駐車場に置き、コンビは医大の事務局長に面会を求めた。もちろん、身分は明かした。

尾津たち二人は事務局長室に案内された。事務局長は呉林《くればやし》という姓で、五十代半《なか》ばに見えた。

コンビは長椅子に並んで腰かけた。事務局長が尾津と向かい合う位置に坐る。

「実は、東京地検特捜部の直告係に匿名の告発があったんですよ。俊堂教授が五年前に行なった精神鑑定はインチキだったという内容でした」

尾津は少し後ろめたさを覚えながらも、もっともらしく言った。

「そんなことは考えられません。俊堂先生はベテランの精神科医で、真面目な方です。いったい誰が鑑定はインチキだったと言ってるんですかっ。先生の名誉が……」

「五年前に連続猟奇殺人事件の被疑者として取調べを受けた深谷智史を俊堂教授は心神喪失者と鑑定したわけですが、実は中程度の精神障害者のはずだという告発だったんですよ」

「なぜ先生はそんなことをしなければならないんですっ」

呉林が挑むような眼差《まなざ》しを向けてきた。

「告発内容が正しいとすれば、俊堂教授はお金に困ってたんでしょうね。そうでなければ、女性関係のスキャンダルをどこかの誰かに知られたんだろうな。そして、深谷を心神喪失者と鑑定することを強要されたんでしょう」

「医大の教授は、開業医たちより収入が多くありません。それでもサラリーマンよりは高収入を得てます。俊堂先生は学者肌で、夜遊びなどしていません。私生活に乱れはないわけですから、誰かに脅迫されてたなんてことは考えられませんよ」

「俊堂さんは高潔な方なんでしょうが、生身《なまみ》の人間です。さまざまな誘惑をすべて撥《は》ねつけられるんですかね？　過去にこんな事件がありました。四十代の精神科医が美しい人妻患者と親密な関係になって、相手の旦那に出刃庖丁で刺し殺されてしまいました」

「精神科医が全員、真面目とは言いませんが、俊堂先生に限って……」

「女性でしくじらなくても、製薬会社から袖の下を使われることはありそうだな」

白戸が話に加わった。

呉林が顔をしかめた。初対面にもかかわらず、相棒が敬語を使わなかったせいだろう。

「特定の薬品メーカーの抗うつ剤や精神安定剤を納入させてれば、ベテランの精神科医はいろんな接待をされるでしょ？　時には、車代と称して札束を上着のポケットに捩《ねじ》込まれたりもするんじゃないかな」

「きみ、無礼だぞ。城南医大には、納入業者と癒着《ゆちゃく》してるドクターはひとりもいない。附属病院のナースや技師たちも同じだよ」

「でも、多くの人間は金に弱いんだよね。だから、金の魔力に負けちゃう医師や看護師がいるんじゃないかな」

「何か物的証拠でもあるのかっ」

呉林が気色《けしき》ばんだ。

尾津は、目顔で白戸を窘《たしな》めた。相棒がばつ悪げに笑って、口を閉じる。

「俊堂さんは、まだ職場には入られてないんですか？」

尾津は訊いた。

「ええ。十一時前後には、ご自分の教授室に入られると思いますよ。先生の研究室は三階にあるんですが、勝手に訪ねないでくださいね。警察の方が見えたという噂が立ったら、先生のお立場が悪くなりますんで」

「面会を求めるときは、受付を通しますよ」

「そうしてください。それで、できたら外で先生から聞き込みをしていただきたいな」

「わかりました」

「もうよろしいですよね？」

呉林がソファから腰を浮かせた。

尾津たちは相前後して立ち上がり、そのまま事務局長室を出た。キャンパスに出て、フリーライターと称し、次々に医大生に声をかける。

俊堂の評判は悪くなかった。ただ、ひとり息子の創《はじめ》のことでは悩んでいるようだという話を複数の者から聞いた。

現在、三十歳の俊堂創は五浪しても名門私大の医学部に合格できなかった。それ以来、定職に就かずに無為徒食《むいとしょく》の日々を過ごしているらしい。

「俊堂教授の倅《せがれ》は何か危《ヤバ》いことをやったんじゃないのかな。で、父親が警察関係者に泣きついて事件の揉み消しを頼んだんじゃないんですかね？」

白戸が言った。

「一連の事件の主犯は俊堂の弱みにつけ込んで、深谷を心神喪失者と鑑定させたのか。だとしたら、首謀者は警察関係者ということになるな」

「そうだろうね」

「白戸、俊堂の息子の犯罪の件で脅迫したのは警察ＯＢの宇崎滋だったと考えられないか？」

「あっ、考えられますよ！」

「弁護人側の依頼で深谷の精神鑑定をした東都医大の小板橋喬教授も何か宇崎に弱みを押さえられ、深谷を心神喪失者と鑑定したのかもしれない」

「そうですね。差し当たって俊堂創の犯歴を照合してみるか」

「そうしよう」

尾津たち二人は駐車場に戻り、覆面パトカーに乗り込んだ。白戸がすぐに犯歴照会をする。

「白戸、どうだった？」

「俊堂創には、まったく検挙歴がなかったな。凶悪犯罪の揉み消しは簡単じゃないから、おそらく万引きとか軽い性犯罪をやってたんでしょ？」

「軽い性犯罪というと、強制わいせつ罪か」

「そう。たとえば、女子高生の前で下半身を露出してたとか、幼女の局部を覗いてたとかね。尾津さん、後で俊堂に揺さぶりをかけてみましょうよ」

「そうするか」

尾津は同意した。

二人は午前十一時十分前にスカイラインを出て、俊堂教授の部屋を訪ねた。ベテランの精神科医は自分の研究室にいた。

尾津は警察手帳を見せるなり、大胆な揺さぶり方をした。

「息子さんの性癖には困ったもんですね」

「えっ!?」

教授が顔面を引き攣《つ》らせた。

「警察関係者に泣きついて息子さんの不始末を揉み消してもらったことを告発する気で来たんじゃないんですよ。創さんの性癖は一生、直らないでしょうからね」

「息子が十代の少女たちに自分の性器を見せて歪んだ快感を得てると知ったときは、我が子を殺して自殺しようと本気で考えました。家内も同じ気持ちだったようです」

「子育ては難しいんでしょうね。親が望んだ通りには、子は育ってくれない」

「実際、その通りです。わたしたち親が息子の性的好奇心を少し抑《おさ》えたことがいけなかったのかもしれないな。だから、創は変質者になってしまったんでしょう。わたしたち夫婦は子育てに失敗したんです。八年前に倅を現行犯逮捕した舘《たち》刑事がわたしたち一家の将来のことを考えて、所轄署には連行しないでくれたのに、ばか息子はいまも同じことを繰り返してるんでしょう」

「そうなんだろうな」

尾津は白戸と顔を見合わせた。舘勉《つとむ》は、かつて宇崎の部下だった。

三年ほど前に依願退職して、いまはフリーの調査員をしている。損保会社、調査会計、弁護士事務所などの調査を請け負っているようだ。現在、四十六歳だろう。

「ストレートにうかがいます。五年ほど前、あなたは検察庁の依頼で深谷智史の精神鑑定をされたが、息子さんの件で脅迫されて事実を故意に歪めたんでしょ？　深谷は中程度の精神障害者だったのに、心神喪失者と鑑定した。おそらく弁護人側の依頼であなたよりも先に深谷の精神鑑定をした東都医大の小板橋教授も何らかの弱みがあって、同じ結果を出したんでしょう」

「………」

「先生、黙ってないで何か答えてほしいな。三年ぐらい前まで本庁《うち》の捜査一課殺人犯捜査五係にいた舘勉に深谷を心神喪失者にしてくれって頼まれたんでしょ？」

白戸が詰め寄った。

「いや、違うんだ。舘さんにそう言われたんじゃないんだよ。謎の人物がわたしに電話をかけてきたんだよ。それでね、『東都医大の小板橋教授と同じ鑑定結果を出さないと、息子の破廉恥《はれんち》な性癖を一般公開するぞ』と脅迫してきたんだ」

「脅迫者の年恰好は？　声の感じで、察しはつくでしょ？」

「ボイス・チェンジャーを使ってるようで、声は不明瞭だったんだ」

「そうなのか」

「俊堂さんは、東都医大の小板橋教授とは面識があるんですか？」

　尾津は相棒よりも先に問いかけた。

「医学会でよく顔を合わせてるんで、小板橋先生に電話をかけたんですよ。そうしたら、先生は椎名法律事務所の依頼で深谷智史の鑑定依頼を受けた直後、正体不明の男に『おまえが二刀流《バイセクシュアル》だということを一般公開されたくなかったら、深谷を心神喪失者にしろ』と脅されたと……」

「深谷は心のバランスを崩してるが、それほどひどくはないんでしょ？」

「強度の自律神経失調症ですが、心神喪失者ではありませんよ。小板橋先生はわかりませんが、わたしは嘘の鑑定結果を出したことで自己嫌悪に陥ったままだったんです。家族の恥を晒すことになりますが、真実を語る勇気と覚悟を持たなければいけないと思いました。この大学を去ることになるでしょう。医師の資格も剥奪されるでしょうね。身から出た錆《さび》です」

「われわれは、深谷の鑑定のことであなたを告発する気はありません。五年前の連続猟奇殺人事件の真犯人を突きとめたいだけなんですよ」

「わたしの過《あやま》ちに目をつぶってくれるんですか!?」

　俊堂が目を丸くした。

「そう解釈してもらっても結構です。それはそうと、警視庁の三好という管理官が非番のときに俊堂さんを訪ねてきたことはありませんか？」

「その方なら、二度ほど訪ねてきました。そして、深谷の鑑定に判断ミスがなかったかどうかと執拗《しつよう》に……」

「あなたはシラを切り通したんですね？」

「そうです。おそらく三好という方は、小板橋先生の所にも行かれて同じことを訊いたにちがいありません」

「でしょうね。その三好管理官が怪死したんですよ」

　尾津は詳しいことを語った。

「事故死でないとしたら、五年前の一連の事件の真犯人が三好さんの口を封じたのかもしれませんね」

「その疑いは拭えません。俊堂さんは、舘元刑事の上司だった宇崎滋をご存じですか？」

「いいえ、一度もお目にかかったことはありません」

「その宇崎が五年前、深谷を連続猟奇殺人事件の加害者として地検に送致したんですよ。精神鑑定で深谷は心神喪失者だということになったんで、不起訴になりましたがね」

「ええ、そうでした」

話が途切れた。それを汐《しお》に、尾津たち二人は暇《いとま》を告げた。

建物を出て、スカイラインに乗り込む。白戸がイグニッションキーを捻《ひね》ってから、口を開いた。

「捜査資料をじっくり読んだけど、深谷智史の弁護を引き受けたのがヤメ検の椎名法律事務所とは記述されてなかったでしょ？」

「ああ、記《しる》されてなかったな。椎名優が深谷の弁護をしてたとなると、一段と疑惑が深まってきた」

「そうだね。大物弁護士は宇崎滋に億単位の事業資金を提供して、連続猟奇殺人事件のダミーの犯人を用意させたんじゃないのかな。宇崎は部下の舘勉に俊堂、小板橋の両精神科医の弱みを教えられたんで、二人に脅迫電話をかけて深谷を心神喪失者ってことにさせたんでしょ？」

「そう疑うことはできるが、まだ断定はできないな」

「慎重だな、尾津さんは」

「殺人事件の捜査なんだ。早合点はミスに繋がるからな。しかし、大筋はその通りなんだろう」

「椎名弁護士が宇崎と舘を使って捜査の目を深谷に向けさせたんだろうけど、被害者の岩佐真紀とはまったく接点がなかったんだよね？」

「そうだったな」

「そのことを考えると、大物弁護士が第三者に三人の被害者を片づけさせたという推測はできなくなるんだよな」

「椎名の身内か親しくしてる友人が保科潤と岩佐真紀に会社を乗っ取られたんじゃないだろうか」

「尾津さんの読み通りだったら、岩佐真紀を始末させたのは椎名弁護士じゃないってことになる」

「多分、保科と岩佐真紀を誰かに始末させたのは椎名の血縁者か友人なんだろう」

「そう考えれば、特に矛盾はなくなるな。深谷は舘勉に金で抱き込まれて、心神喪失者を演じ切った。二人の精神科医の鑑定結果が出てるんで、捜査本部も検察も別に怪しまなかったんでしょうね」

「だと思うよ。真犯人はひとまず胸を撫《な》で下ろしたはずだ。ところが、捜査は本庁二係に引き継がれて、三好管理官が非公式に単独捜査をやりはじめた。犯人側は焦《あせ》って管理官を事故死に見せかけて殺害したんじゃないだろうか」

「転落現場に回るよりも、舘を締め上げたほうが早いと思うがな。宇崎はすぐに口を割りそうもないから、舘勉を追い込みましょうよ。それとも、深谷をまず痛めつけちゃう？深谷を抱き込んだ人物がわかれば、後は事がスムーズに運ぶんじゃない？」

「もどかしい気持ちはわかるが、白戸、そう急《せ》くな。深谷は抱き込んだ相手が舘だと認めるだろうが、元刑事はたやすく犯行を認めるわけない」

「そうかな。うん、そうかもしれないね。舘の元上司の宇崎滋はもっとしぶといだろうな」

「そうにちがいないよ。わざと目立つように三好管理官が死んだ場所をうろつき回って、敵どもを狼狽《ろうばい》させよう。三好警視を始末したことを看破されたと感じたら、必ず何かリアクションを起こすにちがいない」

「犯人どもは、尾津さんとおれを片づけようと殺し屋《プロ》を差し向けてくるかもしれないね」

「ああ、ひょっとしたらな」

尾津は応じた。

「こっちは組対《そたい》にいたころ、何度もヤー公に銃口を向けられてる。それどころか、二度、発砲されました。冷酷なプロに狙い撃ちされても、ビビったりしませんよ。尾津さんも、同じだよね？」

「凶暴な奴に銃口を向けられたら、おれは白戸を置き去りにして逃げるだろうな」

「尾津さんは、そんな人間じゃないよ。ずっとコンビを組んできたんだから、相棒のことはわかってますって」

「買い被りだな、そいつは。おれは意気地なしなんだよ、本当はさ」

「照れ隠しに言ってることも、おれ、わかっちゃいますよ」

白戸がにやにやした。

そのすぐあと、尾津の上着の内ポケットで携帯電話が着信音を発した。モバイルフォンを取り出す。発信者は大久保係長だった。

「数十分前に大森署に三好管理官を歩道橋の階段から突き落として死なせたという男が出頭したらしいんだが、どうも身替り犯みたいなんだ」

「そいつは何者なんです？」

「古賀《こが》誠二《せいじ》という名で、横浜の港友会を七、八カ月前に破門された元やくざだよ。四十二歳で、昔、渋谷の組に足《ゲソ》つけてるころに三好に傷害容疑で逮捕されたことをいまでも恨みに思ってたんで……」

「犯行に及んだと供述してるんですね？」

「そうだってさ。裏があることは間違いないだろう。一連の事件の首謀者が誰かに三好管理官を殺《や》らせて、金で雇った古賀を身替り犯にし、捜査を混乱させる気でいるにちがいない」

「おれも、そう思います。係長、深谷は心神喪失者じゃありませんでした。三好さんが亡くなった現場を踏む前に城南医大の俊堂教授に会いに行ったんですよ」

尾津は経過を伝えた。

「三好警視は鑑定結果に納得できなくて、非番のときに自分でこつこつと調べを進めてたんだろうな」

「そうなんでしょう」

「三好管理官の弔《とむら》い合戦のつもりで、なんとか五年前の事件の絵図を画《か》いた黒幕を闇から引きずり出してくれないか」

「もちろん、そのつもりです。これから、大森の転落現場に向かいます」

「油断するなよ。犯人どもは三好管理官を消したんだから、きみたち二人が目障りと感じたら、抹殺する気になるだろう。充分に気をつけてくれ」

大久保が言って、通話を切り上げた。尾津は相棒に通話内容をかいつまんで話した。

白戸が覆面パトカーを走らせはじめた。

三好警視が亡くなった現場に着いたのは、およそ二十分後だった。大森駅から数百メートル離れた場所にあった。

コンビは現場付近の商店や民家を一軒ずつ訪ね、防犯カメラの録画画像を観《み》せてもらった。しかし、何も手がかりは得られなかった。

それでも、あえて尾津たちは歩道橋から離れなかった。ことさら目立つ場所に立ち、長い時間を遣《や》り過ごした。犯人側の人間が尾津たちに気がつけば、何か仕掛けてくるのではないか。

やがて、陽《ひ》が沈んだ。

夕闇が濃くなっても、不審な人影は目に留《と》まらない。尾津は徒労感に包まれた。

3

子供たちの姿はなかった。

深谷智史は、自宅近くの児童公園のベンチに腰かけていた。足許には三匹の野良猫が見える。どうやら深谷がキャットフードを与えたようだ。

「行こう」

尾津は白戸に声をかけ、先に児童公園に足を踏み入れた。

公園は、深谷の自宅の近くにあった。目黒区大岡山《おおおかやま》だ。

三好管理官が死んだ現場に出かけた翌日の午前十時半過ぎである。秋晴れで、ちぎれ雲ひとつない。

白戸が尾津と肩を並べた。さほど広い公園ではない。じきに深谷のいるベンチに達した。

野良猫が散った。まだキャットフードは残っている。どの猫も残念げだった。

深谷が怪訝《けげん》な表情になった。

どこか物憂《ものう》げだが、目には警戒の色が宿《やど》っている。髪はぼさぼさで、衣服も薄汚れていた。綿ネルの長袖シャツの袖口は擦り切れている。お気に入りのシャツなのか。

「ないよ」

「え？」

尾津は訊き返した。

「おれ、金なんか持ってないぞ。恐喝《カツアゲ》のカモにはならないってことさ」

「勘違いするな。おれたちは警視庁の人間だよ」

「おたくら、刑事なの⁉」

「そうだ」

「おたくは組員風じゃないけど、横の体格《ガタイ》のいい相棒はヤー公にしか見えないね。だから、金を捲き揚げられると思ったんだ」

「深谷智史だな？」

白戸が確かめた。

「呼び捨てにしないでくれよ。別におれは犯罪者じゃない。仮に何か危《ヤバ》いことをやっても、刑務所には行かなくてもいいんだ」

「どうして？」

「おれの心はガラスみたいに壊れやすいんだよ。二人の精神科医に心神喪失者と鑑定されたんだ」

「精神のバランスが崩れ切ってるなら、自分でそんなことは言えない。おまえは自律神経失調症だよ。城南医大の俊堂教授がそう言ってた」

「でも、あの先生ははっきりとおれのことを心神喪失者と鑑定したんだぜ。その前に東都医大の小板橋って教授も……」

「どっちも正体不明の男に弱みにつけ込まれて、おまえを心神喪失者と鑑定するよう強要されたのさ」

「そ、そんなことってあるかよっ」

「誰に頼まれて五年前に発生した連続猟奇殺人事件の偽の犯人役を引き受けたんだい？」

「三人の女たちは、おれが革紐で絞め殺したんだよ。おれ、男を手玉に取ってる女たちは嫌いなんだ。軽蔑もしてる。そういう悪女をのさばらせちゃいけないと思ったんで、処刑することにしたんだよ。牝犬みたいな女たちだったから、黒いサインペンで額に落書きしてやったんだ。それからカッターナイフで、おっぱい、下腹部、尻《けつ》なんかを傷つけてやった。いい気味だったよ」

「もう芝居なんかしなくてもいいんだ」

尾津は穏やかに言った。

「本当だって！　おれが女たちを殺《や》ったんだよ。けど、おれには責任能力がないんで、釈放されたわけさ」

「そっちに身替り犯になってくれと頼んだのは、元刑事の舘勉なんじゃないのか？　それとも、五年前に取調べに当たった宇崎滋なのかな？」

「舘？　知らないな。宇崎って刑事のことは憶《おぼ》えてるよ。朝から晩まで取調べられたんでね」

「深谷、よく聞け！　おれたちは、そっちを保護したいと思って自宅を訪ねたんだよ。応対に現われたおふくろさんがそっちの居所を教えてくれたんだ」

「そう」

「そっちは舘か、宇崎に犯人の振りをしてくれと頼まれたはずだ。空とぼけても、無駄なんだよ」

「そう言われても、おれ、誰からも何も頼まれてないって」

深谷がもどかしげに言って、ベンチから立ち上がった。

「坐ってろ」

「でもさ、おれは……」

「いいから、坐るんだっ」

尾津は声を張った。深谷が腰をベンチに戻す。

「どっちかに謝礼として少しまとまった金を貰ったんだろうが、遣《つか》い切らないうちにそっちは口を封じられるかもしれないな」

「舘さん、おれを殺す気でいるのか!? 三百万ぽっちで殺されたんじゃ、割に合わないよ」

「そっちを偽の犯人に仕立てたのは、舘勉だったか」

「あっ、いっけねえ！」

「もう遅いな」

尾津は口の端をたわめた。

「あんた、おれを引っかけやがったな。汚いじゃないかっ」

「いきり立つな。おれたちは、そっちの命を守ってやろうとしてるんだ。殺されてもいいのか？」

「まだ死にたくないよ。生きてても面白くないけどさ、くたばっちまったら、大好物の焼肉を喰えなくなる。それに風俗に通うこともできなくなるからな。それは厭だよ。おれの楽しみは、それだけしかないんだから」

「だったら、おれたちの質問にちゃんと答えるんだな」

「わかったよ」

深谷が素直になった。

「舘と宇崎はグルだったんだろ？」

「そうだよ。取調官の宇崎さんは『おまえを無罪にする手はちゃんと考えてあるから、高瀬彩香、岩佐真紀、小杉奈津美の三人を絞殺したことにしてくれ』と言ったんだ。それでさ、三人の女の私生活を詳しく教えてくれたんだよ。記録係の若い刑事が手洗いに立った間にね。おれは宇崎さんに教えられたことを頭に叩き込んで、嘘の自供をしたわけさ」

「二人の精神科医に電話をかけて、脅迫したのは舘勉なんだな？」

「そこまでは知らないよ。おれは舘さんに事前に三百万円を貰った翌日、あの人に任意同行を求められたんだ。それで、捜査本部に連れていかれたんだよ」

「で、そっちは釈放されたんだな？」

「そうだよ。舘さん、いや、舘は本当におれの口を塞《ふさ》ぐつもりなのか？」

「その気配を感じ取ったんで、そっちを保護しなければならないと思ったんだよ」

「そうなのか。おれをしっかりガードしてくれよな」

「ああ、安心してくれ。まだ質問が残ってるんだ。舘勉と宇崎滋には、被害者たちを殺す動機がない。どっちかが三人の女を始末したとしたら、代理殺人を請け負ったことになる。しかし、刑事だった二人が直《じか》に手を汚すなんて考えられない。二人は殺人《コロシ》を請け負って、犯罪のプロに被害者たちを始末させたんだろう」

「そのへんのことは、おれ、本当に知らないんだ」

「舘たちに殺しを依頼した人物がいると思われるんだが、何か聞いてないか？」

「何も聞いてないよ」

「本当だなっ」

白戸が深谷を睨みつけた。

「嘘じゃないよ。それより、おれをどう保護してくれるんだい？　まさかどこか所轄の留置場に入れるつもりなんじゃないだろうな」

「それが一番安全だろうよ。けど、そういうことはできない」

「それじゃ、何人かＳＰを付けてくれるのか？」

「大物気取りか。笑わせるな」

「じゃあ、どうするんだ？」

深谷が尾津に顔を向けてきた。

「安全を確認できるまで、どこかのホテルに泊まってもらう」

「なら、いったん家に戻らせてくれよ。着替えなんかをバッグに詰めるからさ」

「必要な物はおれたちが用意する。すぐ覆面パトカーに乗ってもらう」

「ホテルの宿泊代は警察が払ってくれるんだよな？」

「ああ」

「よかった。五年前に貰った三百万のうち数十万円は残ってるんだけど、おれ、ずっと働いてないからさ、親から煙草代はなんか貰いにくいんだ。それにさ、キャットフード代も必要だからね」

「野良猫たちに毎日、餌をやってるのか？」

「だいたい毎日だね。ふだんは家にある残飯《ざんぱん》を喰わせてるんだけど、たまにキャットフードを与えてるんだよ。あいつらは、おれの友達だからね」

「人間よりも野良猫のほうがつき合いやすいんだな？」

「そうだね。人間ってさ、油断ならないとこがあるから。なんか信用できないし、他人と接すると疲れるんだよ。電車やバスに乗ると、息苦しくなって目的地に行くまで途中下車することが多いね。盛り場のスクランブル交差点で無数の人間に囲まれると、冷や汗が出るんだ。過呼吸《かこきゅう》に陥ることもある」

「他人の目を気にしすぎて、自意識過剰になってるんじゃないのか？」

「そうなんだろうな。でもさ、この年齢《とし》で親の脛《すね》を齧《かじ》ってるんだから、どうしても他人の目は意識しちゃうよ。どいつも、プーのおれを見下してると感じると、誰とも打ち解けられないんだ」

「野良猫たちには気を許してるんだろ？」

「そうだね。あいつらは、おれと同じく世間の連中に見向きもされない存在だから。要するに、同じ仲間なんだよ」

「人は信じられないが、銭は信用してるんだ？」

白戸が口を挟んだ。

「悪いかよ？」

「別に悪いとは言ってないだろうが」

「人間は打算や思惑《おもわく》で平気で他者を裏切るじゃないか。けど、金は誰も裏切ったりしない。だから、好きなんだよ。それにさ、あれば、何かと都合がいいだろ？」

「人生は金だけじゃないぜ」

「ずいぶん青臭いことを言うね。おたくには似合わない台詞《せりふ》だよ」

「なんだと!?　てめえ、おれと殴り合いたいのかっ。上等だ」

「ガキっぽい刑事だな」

深谷が鼻先で笑った。白戸がごっつい手で深谷の肩口を摑む。

尾津は相棒を手で制し、深谷をベンチから立たせた。スカイラインに導き、先に後部座席に押し入れる。

白戸が運転席に乗り込み、尾津は深谷の横に腰かけた。

白戸がエンジンを始動させた。

「渋谷に向かってくれ。公園通りに面したシティホテルがあったよな。そこに部屋を取ろうや」

尾津は相棒に言った。白戸が短い返事をして、捜査車輌を発進させた。

目的のホテルに到着したのは、三十数分後だった。

部屋は空いていた。三人は九〇二号室に入った。ツインの部屋だった。

「携帯電話、持ってるな？」

尾津は、ソファに腰を下ろした深谷に訊《たず》ねた。

「ああ」

「舘勉の携帯のナンバーを知ってるか？」

「わからないよ。五年も前に数回、会っただけだからな」

「なら、こっちで調べるよ」

「いま調べるね」

白戸が数メートル離れて、尾津と深谷に背を向けた。警察ＯＢの連絡先は造作なく調べることができる。それだけ身内意識が強いわけだ。

「舘勉をこの部屋に誘《おび》き出してほしいんだ」

尾津は深谷に言った。

「な、なんでそんなことするんだよ!?」

「舘がそっちに何かする前に取っ捕まえるって作戦なんだ。そうすれば、そっちは安心できるだろう」

「なるほどね。で、どうすればいいんだ?」

「五年前の身替り犯の件を表沙汰にされたくなかったら、追加の謝礼二百万円を払えと脅迫電話をしてくれないか。そっちに本当に恐喝をやらせるんじゃない。あくまでも誘き出すだけだよ」

「そういうことなら、協力する」

深谷がオリーブグリーンのカーゴパンツのポケットから黒い携帯電話を取り出した。白戸がゆっくりと舘勉のモバイルフォンの番号を教えた。深谷が数字キーを押す。ほどなく電話は繋がった。

「しばらくだね、舘さん! 深谷だよ」

「…………」

当然ながら、舘の声は尾津の耳には届かない。

「そう! あんたに頼まれて、五年前に連続殺人事件の偽の犯人になった男だよ。え? 忘れるわけないじゃないか。用件? 五年前に貰った三百万はちょっと安すぎるでしょ?」

「…………」

「元刑事を強請《ゆす》るとは、いい根性してるって? 舘さん、怒ってるんだね。でも、あんまり短気にならないほうがいいと思うよ」

「…………」

「なぜって、わかってるでしょ？　おれは舘さんと宇崎さんの弱みを握ってるんだぜ。あんたたち二人は共謀して、三人の女を殺した犯人を庇《かば》った。それで、おれを犯人にして捜査の目を晦《くら》ましたんだよね？」

「…………」

「東都医大の小板橋と城南医大の俊堂の弱みにつけ入って、インチキな精神鑑定をさせ、おれを心神喪失者に仕立てた。計画通りに事が運んで、おれはなんの刑罰も科せられなかった」

「…………」

「楽して三百万円を儲けたろって？　なんか感謝しろって言ってるみたいに聞こえるな。でもさ、おれはでっかい悪事の片棒を担《かつ》がされたんだぜ」

「…………」

「おれ、働いてないでしょ？　だから、家で肩身が狭いんだよな。おふくろに少し食費を渡してやりたいんだ」

「…………」

「そんなに強欲じゃないよ。あと二百万円払ってくれたら、あんたと宇崎さんにもう金をせびったりしない。約束しますよ。ひとり百万ずつ負担すればいいんだから、都合つけられるでしょ？」

「いや、現金で手渡ししてほしいんだ。明日じゃなくて、きょう中に払ってほしいんですよ」

「…………」

「いいでしょう。そのぐらいは待ちますよ。おれ、ちょっと理由《わけ》あって、いま渋谷の公園通りに面したホテルにいるんだ」

深谷がホテル名と部屋番号を舘に教えた。

「…………」

「恐喝《カツアゲ》で荒稼ぎして、有名ホテルを泊まり歩いてるんじゃないかって？　高級娼婦を部屋に呼んで娯《たの》しんでるんだろうって？　舘さん、おれはそんなに金なんか持ってないですよ。それだから、舘さんたち二人に無心する気になったんだ」

「…………」

「午後四時までには、こっちに来てくれるね。ええ、待ってます。だけど、約束の時間までに二百万円を舘さんが持ってこなかったら、あんたたち二人の悪事を東京地検に密告して、毎朝日報にもリークしちゃうからね」

「……」

「それはそうとさ、例の三人の女を殺《や》った真犯人は誰なの？　もしかしたら、警察庁や警視庁のお偉方なのかな？」

「……」

「そんなこと教えられるわけないだろうってか。ま、そうだろうな。別に真犯人の名を聞いて、そいつに口止め料を出させる気なんかないですよ。かなりの大物なんだろうから、強請ろうとしたら、おれ、消されそうだからね。舘さん、なるべく早く来てもらいたいな。おれ、待たされるのは苦手なんだ」

　通話が終わった。

　深谷がモバイルフォンを折り畳んで、ソファの背凭《もた》れに上体を預けた。芝居とはいえ、元刑事を脅すのは緊張を伴《ともな》ったのだろう。

「舘勉は午後四時までに金を持って、このホテルに来ると言ったんだな？」

　尾津は深谷に確認した。

「ああ、そう言ってたよ。でも、本人がここに来るかな。舘さんは宇崎さんと相談してさ、流れ者か裏便利屋みたいな奴らにおれを拉致《らち》させて、こっちの息の根を止める気になるかもしれないな。そんなことになったら、最悪だ」

「妙な連中が部屋に押し入ってきたら、おれたち二人がそいつらを取っ捕まえてやる」

「でも、そいつらは何か物騒な物を持ってるかもしれないでしょ？　ふだん刑事は拳銃を持ち歩いてないって話だよな」

「おれたちはシグ・ザウエルＰ230を携行してる」

「本当？　ちょっとピストルを見せてよ」

「そのリクエストには応《こた》えられないが、そっちを護《まも》り抜く。だから、びくつくことはない」

「いまの言葉、心強いね。ほっとしたせいか、急に腹が空いてきたな。ルームサービスでコーヒーと軽食を頼んでもいいかな？」

深谷が訊いた。

尾津はうなずき、片方のベッドに浅く腰かけた。白戸が深谷の前のソファに坐り、卓上のメニューを顎でしゃくった。深谷が笑顔でメニューを手に取る。

尾津は上着のポケットから、煙草と百円ライターを摑み出した。

4

指定した時刻が近づいた。

あと七分で、午後四時だ。尾津はソファから立ち上がった。深谷は窓側のベッドに仰向けに横たわり、軽い寝息をたてている。二人前のビーフ・サンドイッチを平らげて満腹になったせいで、睡魔に襲われたのだろう。

「尾津さん、急にどうしたの？　まだ時間があるでしょ？」

相棒の白戸がソファから腰を上げた。

「舘が深谷に命じられたまま、二百万円を持って現われると思うか？」

「おそらく荒っぽい奴を連れてきて、そいつらに深谷を痛めつけさせるだろうな」

「白戸は、そう思うか。おれは、舘は来ないと予想してるんだ。このホテルに姿を見せるのは、舘に雇われた荒っぽい野郎だけだと思ってる。そいつは舘の指示で、深谷を殺《や》るかもしれないな」

「そっか！　そういうことも考えられるね」

「おれは部屋の外に出てる。おまえは深谷のガードを頼む」

尾津は歩廊に出て、エレベーターホールとは逆方向に進んだ。非常口の少し手前に、階段の踊り場があった。

尾津は死角になる場所に身を潜《ひそ》め、視線を遠くに向けた。
四、五分経《た》つと、エレベーターホールの方から二人の男が歩いてきた。どちらも堅気には見えない。ともに三十歳前後だ。
片方は剃髪頭《スキンヘッド》で、黒っぽいスーツに身を包んでいる。中肉中背だ。

もうひとりは髪をオールバックにして、黒革のジャケットを羽織っている。下は白っぽいスラックスだ。口髭をたくわえていた。

二人組が九〇二号室の前で立ち止まった。

スキンヘッドの男が腰の後ろから白鞘《しらさや》を引き抜き、柄に手を掛けた。口髭を生やした男がドアをノックした。

尾津は宿泊客の振りをして、大股で二人組に接近した。スキンヘッドの男が慌てて短刀を上着の裾で隠した。

尾津は勢いよく走りはじめた。男たちが振り向いた。尾津は無言で、頭を丸めた男の首筋に手刀《しゅとう》打ちを見舞った。スキンヘッドの男が呻いて、ゆっくりと頽《くずお》れる。

「てめえ、何しやがるんだっ」

黒いレザージャケットを着た男が吼《ほ》えた。

尾津は相手の太腿に横蹴りを浴びせた。相手がよろけた。尾津は、スキンヘッドの男の右手から匕首《あいくち》を奪った。

ドアが開けられた。

白戸が心得顔で、二人の不審者を室内に引きずり込んだ。尾津は入室し、後ろ手にドアを閉めた。

「そいつらは、舘に雇われたんだね？」

深谷が白戸の斜め後ろで、尾津に問いかけてきた。

「多分、そうだろう。この短刀《ドス》はスキンヘッドの男が持ってた」

「舘の奴、おれを殺させようとしたんだな」

「それはまだわからない」

尾津は深谷に言って、片膝を床に落とした。

二人組はフロアに坐り込む恰好《かっこう》だった。

「てめえら、舘勉に雇われたんだなっ」

白戸が男たちを交互に睨みつけた。どちらも口を開かない。

「こういう反則技はあまり使いたくないんだが、仕方ないな」

尾津は鞘を払い、匕首の刃をスキンヘッドの男の頸動脈に当てた。

男が目を剝いた。いまにも眼球が零《こぼ》れ落ちそうだ。

「舘って誰なんでえ？」

「少し声が震えを帯びてるぞ。強がってると、首から血煙が上がることになるぜ」

「刃物《ヤッパ》を首から離してくれ。そうしたら……」

「甘いな」

尾津は手に力を入れた。立てた刃が数ミリ沈み、頸動脈が浮き立った。

「殺《や》っちゃいなよ、面倒臭いからさ」

白戸が尾津をけしかける。むろん、本気ではない。

「や、やめてくれ。短刀《ドス》を浮かせてくれよ」

スキンヘッドの男が震えながら、首を反対側に傾けた。すると、口髭の男が口を開いた。

「庄司《しょうじ》、何も言うんじゃねえぞ」

「無茶言わないでよ。栗山《くりやま》さん、おれは首に刃物《ヤッパ》を押し当てられてるんだ」

「頸動脈を搔っ切ったりしねえよ。この二人は現職の刑事《デカ》なんだから」

「おれたちはお巡りなんかじゃない」

尾津は、栗山と呼ばれた口髭の男に言った。

「ごまかそうとしても無駄だよ。おれたちは、てめえらの正体を知ってるんだ」

「おれらが警察とは無縁だって証拠を見せてやらあ」

白戸がショルダーホルスターからシグ・ザウエルP230を引き抜き、安全弁を外した。栗山が怯《おび》えた顔つきになった。

白戸が栗山の頭髪を鷲摑《わしづか》みにして、拳銃の銃口を眉間《みけん》に押し当てた。すぐに引き金《トリガー》の遊びをぎりぎりまで絞り込む。

「こいつらが口を割らなかったら、始末するか」

尾津は白戸に調子を合わせた。

「そうしようよ。どっかのヤー公を殺《や》っても、死刑にはならねえだろうからさ。どっちかを先に片づけてもいいんだよな」

「それもそうだな。仲間がくたばりゃ、残った奴の口は軽くなるだろうからね」

「だろうな」

「この栗山って奴を先に撃《ハジ》いてもいいが、このままじゃ銃声が派手に響くね。枕かクッションで銃声を小さくするか」

「そうしろよ」

「オーケー」

白戸が振り返って、深谷に枕を投げろと命じた。深谷が言われた通りにする。

白戸は床から枕を拾い上げ、銃身をくるみ込んだ。ふたたび銃口を栗山の額に密着させる。

「栗山さん、危《ヤバ》いよ。口を割らないと、おれたちは二人とも殺《や》られちまう」

庄司が片割れに訴えた。栗山は唸《うな》っただけで、言葉は発しなかった。

「こいつらが舘に雇われたことは、ほぼ間違いない。いっそ二人を同時に殺《や》ってしまうか」

尾津は白戸に言った。

「そうしてもいいな。こいつらを片づけたほうが、舘を追い込みやすくなるだろうからね」

「そうなんだが、いきなり殺すのはちょっとかわいそうだから、念仏ぐらい唱《とな》えさせてやろう」

「それじゃ、テンカウントしてから同時に片づけるか。ワン、ツウ、スリ……」

白戸がカウントを取りはじめた。エイトまで数えると、庄司が涙声で哀願した。

「殺さないでくれーっ。舘さんに頼まれて、おれたちは深谷って奴を拉致しようとしたんだよ」

「深谷をどこかに監禁して、半殺しにしろって指示されてたのか。それとも、始末しろと言われてたのかい？」

尾津は庄司に問いかけた。

「殺せとは言われてないよ。深谷をとことん痛めつけて、二度と妙な気を起こさないようビビらせてくれるだけでいいと……」

「そうか。おまえらはどこの筋を噛んでるんだ？　関東桜仁会《おうじんかい》か、昇龍会《しようりゆう》の二次団体に足《ゲソ》つけてるのか？」

「おれたちは以前、極友会《きよくゆう》の下部組織にいたんだけど、栗山さんとおれは個人的なシノギで一部上場企業の役員たちのスキャンダルをネタにして……」

「恐喝《カツアゲ》をやって、破門になったんだな？」

「準構成員たちに縄張り内《シマウチ》の飲食店から〝みかじめ料〟を二重取りさせてたことも若頭《カシラ》に知られちまったんで、おれたち二人は鳥居《とりい》組にいられなくなったんだよ」

「庄司、そこまで喋《ベシャ》ることねえだろうが！」

栗山が仲間を詰《なじ》った。尾津は栗山を睨《ね》めつけた。すぐに栗山が目を逸《そ》らす。

「てめえら、チンケだな。幹部になる見込みがねえんで、組に内緒で恐喝《カツアゲ》をやったり、みかじめ料の二重取りをしてたわけか。どうなんだよっ」

白戸が栗山に訊いた。

「そうだよ」

「極友会鳥居組を破門になったのは、いつごろなんだ？」

「四年以上前だ」

「けど、足を洗ったわけじゃないんだな？」

「堅気になりたくたって、両腕と背中に刺青《スミ》入れてるし、おれは左手の小指飛《エンコ》ばしてるんだ」

「そういえば、小指の先っぽがねえな。おまえは庄司とつるんで悪さを重ねて喰ってきたわけだ。主に恐喝《カツアゲ》をやってたんだな？」

「うん、まあ。大企業の役員たちは若い愛人を囲うために架空の接待交際費で会社の金を横領したり、取引先からキックバックを貰ってるんで、強請《ゆすり》の材料には困らなかったよ。

総会屋崩れから優良企業の脱税、下請けいじめ、不当解雇の情報も買ってたから最初は金に不自由しなかったよ。けどさ……」

「三年前に刑事を辞めてフリーの調査員になった舘勉におまえらは悪事の証拠を押さえられて、下働きをさせられるようになったらしいな？」

「いや、おれたちの尻尾《しっぽ》を摑んだのは舘さんの上司だった宇崎滋なんだ。『宇崎運輸サービス』の社長はおれたちの犯罪《ヤマ》を警察には黙っててやるからと言って、交換条件を付けてきたんだよ」

「どんな交換条件だったんだ？」

「情報を買ってやるから、大企業の不正、犯罪、役員たちの女性スキャンダルを摑んでくれと頼まれたんだよ。おれたちは弱みを握られてるんで、断ることなんかできなかった。おれと庄司は元総会屋、業界紙ゴロ、元社員たちから大会社の不正やスキャンダルなんかの情報を集めて、せっせと証拠集めをしてたんだ。そして……」

「恐喝材料を宇崎に売り渡してたんだな？」

「そうなんだが、窓口は宇崎さんの元部下の舘さんだったんだ。企業恐喝の証拠の書類、写真、録音音声なんかを宇崎さんにダイレクトに手渡したことは一度もなかった。そういった物を受け取るのは、きまって代理人の舘さんだったね」

「恐喝材料は高く買い取ってもらえたのか？」

尾津は庄司に問いかけ、匕首を白鞘に収めた。

「やっと短刀《ドス》を引っ込めてくれたか。おれ、生きた心地がしなかったよ」

「早く質問に答えろ！」

「わかったよ。恐喝材料は毎回、安く買い叩かれたんだ。ひどいときは、三万とか五万しか貰えなかったよ。最高額も百七、八十万で、二百万には届かなかった。そうだよね、栗山さん？」

「ああ。おれたちには弱みがあったんで、強く不満は言わなかったけど、頭にきてたよ。な、庄司？」

「そうだね。舘さんと宇崎さんは狡《ずる》いと思ったんで、ものすごく腹立たしかったよ。だけど、対立することになったら、おれたち二人は警察に密告されると思ってたんで、舘さんたちに逆《さか》らえなかったんだ。言いなりになって舎弟みたいに扱われても、従うほかないんだよ。言い訳に聞こえるだろうけど、向こうにいる深谷を拉致することも断りたかったよ、できればね」

「舘と宇崎はタッグを組んで、大企業から巨額を脅し取ってるんだな？」

「そうだと思うけど、おれたちが提供した強請の材料の何割かを誰かに転売してるんじゃないかな。転売すれば、自分たちが直《じか》に有名企業を恐喝するよりも捕まるリスクは小さいからね」

「そうだな。そっちも、舘と宇崎の二人は企業恐喝材料の一部をブラックジャーナリストか経済マフィアに転売してると思うか？」

「おれに訊いてるのかよ？」

栗山が尾津を見た。

「そうだ。どう思う？」

「裏経済界と繋がりのある奴らには、恐喝材料は転売しないんじゃねえか。そういった連中は禿鷹《はげたか》だからな。他人《ひと》の獲物を平気で横奪《ど》りしやがる」

「ああ、確かにな。転売相手は一応、堅気なんだろう。この世には、紳士面《づら》した悪党が何人もいる。悪徳政治家だけじゃなく、弁護士、公認会計士、医師、興行プロモーターとかさ」

「そうだな」

「多分、舘さんと宇崎さんの二人は堅気の悪党に強請の材料を高く売りつけてるんじゃねえの？　買い手は弱みのある大企業から口止め料をせしめるんじゃなく、合法的な取引とか顧問契約を迫ってるんだろうな。もろに企業恐喝なんか働いたら、両手が後ろに回っちまうからな。しかし、ビジネスという形をとってれば、逮捕《パク》られなくて済む。頭のいい悪人《ペテン》は巧妙なやり方で甘い汁を吸うと思うぜ」

「だろうな」

尾津は応じながら、元検事の椎名優のことを考えていた。ヤメ検弁護士には、大企業から顧問にならないかという誘いがある。しかし、検察官出身の弁護士は五人や十人ではない。推定で百人以上はいそうだ。

それぞれが有名企業数社と顧問契約を結び、各社から年間一億円以上の報酬を得ている。だが、それなりの仕事をしなければ、翌年は契約は更新されないだろう。顧問契約を半ば永久的に継続するには毎年、目立つ働きをしなければならない。

しかし、複数の企業で同じような活躍をするのは容易ではないだろう。重役たちと癒着していても、役員人事がある。親交を深めた重鎮たちはいつまでも要職に就いているわけではない。新旧交代は避けられないことだ。

長いこと顧問弁護士でありつづけたいと願うなら、相手側の企業不正の証拠を押さえることが手っ取り早いだろう。大企業は強大な力を有しているが、致命的な弱みを握られたら、どうすることもできなくなる。

椎名弁護士が宇崎から企業恐喝の材料を手に入れた疑いはありそうだ。

尾津は栗山の顔を見据えながら、思考を巡らせた。五年前の連続猟奇殺人事件の被害者三人のうちの二人と大物弁護士は親しい間柄だった。当時の取調官だった宇崎滋は深谷智史を替え玉犯にして、捜査の打ち切りを企んだと思われる。捜査本部は解散になり、本庁捜査一課強行犯捜査第二係に捜査は引き継がれた。

宇崎は椎名に事業資金を提供してもらう見返りとして、一連の事件の偽の犯人を用意した疑惑は濃い。深谷を〝心神喪失者〟に仕立てることに成功し、事件は迷宮入りしかけていた。ところが、三好管理官が非公式に五年前の事件を洗い直しはじめた。

真相を暴《あば》かれることを恐れた宇崎は元部下の舘勉に三好管理官を事故死に見せかけて葬ってほしいと依頼したのではないか。舘は誰かに三好を始末させ、元組員の古賀誠二を出頭させたと思われる。

そうした流れから、椎名弁護士と宇崎は利害で結びついていると判断してもいいだろう。元検事の大物弁護士が美人キャスターと女医を誰かに片づけさせたと考えられるが、実行犯の顔は透けてこない。また、経営コンサルタントとの接点もないようだ。

それが謎だったが、椎名は充分に怪しい。とはいえ、いまの状態では大物弁護士を追及できないだろう。

「急に黙っちゃって、どうしたんだよ？」

栗山が訝《いぶか》しそうに言った。

「いや、なんでもない。椎名法律事務所に聞き覚えはないか？」

「あるよ。舘さんは、その弁護士のとこで民事関係の調査をしてる。椎名弁護士に何か貸しがあるらしくて、多額の調査報酬を貰ってるようだぜ」

「そうか。宇崎も椎名弁護士と親しくしてるんじゃないのかい？」

「だろうな。いつだったか、宇崎さんは自分の会社の相談役は元東京地検特捜部部長の超大物弁護士なんだと自慢してたよ。宇崎さんも椎名弁護士には何か大きな貸しがあるんだろうな。どういう貸しがあるのかわからないがね」

「おまえらは深谷をどこに監禁して、とことん痛めつける気だったんだ？」

「そいつは教えられねえな」

「おれは反則技が得意なんだよ」

尾津は言うなり、栗山の腹を蹴り込んだ。

栗山が乱杙歯《らんぐいば》を剝《む》きながら、動物じみた唸り声を発した。白戸が枕を深谷に投げ、ハンドガンをホルスターに突っ込んだ。

「栗山さんをもう蹴らないでくれよ。おれたちは深谷を舘さんの祖父母が暮らしてた小田原市郊外の空き家に連れ込んで、気絶するまで痛めつけることになってたんだよ」

「舘は、祖父母が住んでた家に来ることになってたのか？」

「そうなんだ。深谷がビビったのを目で確かめたら、おれたちに三十万円ずつ報酬をくれることになってたんだよ」

「その空き家におれたち二人を案内してもらおうか。深谷は、もちろん小田原には連れていかない」

「舘さんを誘《おび》き出して、逮捕《パク》ろうってことなんだな？」

庄司が言った。

「そういうことだ。捜査に協力したら、おまえら二人は検挙《アゲ》ない」

「栗山さん、どうする？」

「裏取引に乗ろうや。おれたちは舘勉の子分じゃねえんだ。それに強請の材料《ネタ》を安く買い叩かれつづけたんだから、別に庇《かば》ってやることもねえだろうよ」

「そうだね」

「小田原の空き家に着いたら、すぐ舘に電話をして誘い出すんだ。いいな？」

「わかったよ。でも、ちゃんと約束は守ってくれよな。おれたちを騙《だま》したら、あんたたちが違法捜査したことを取調べの刑事に喋っちまうぞ」

「約束はちゃんと守ってやる。舘が祖父母が住んでたという空き家に着いたことを確認できたら、おまえら二人は裏口から逃がしてやるよ」

「そういうことなら、おれたちもあんたらを小田原の空き家に案内する」

「二人とも立つんだ」

尾津は命じて、半歩退《さ》がった。

5

小田原の市街地から三キロは遠のいた。

レンタカーの白いカローラを運転しているのは、スキンヘッドの庄司だった。仲間の栗山は助手席に坐っている。

尾津はカローラの後部座席に腰かけていた。

右手で、シグ・ザウエルP230の銃把《グリップ》を握っている。元やくざの二人が逃げる気配を見せたら、迷うことなく銃口を向けるつもりだ。

庄司たちが借りたレンタカーの後ろを覆面パトカーが走行中だ。深谷は渋谷のホテルにいるだろう。

「舘の母方の実家は、まだ先なのか？」

尾津は運転席の庄司に声をかけた。

「空き家は穴部《あなべ》という所にあるって話だから、もう一キロぐらい奥に入ったあたりにあると思う。六年前から誰も住んでないそうなんで、玄関のガラス戸を壊して家の中に入ってもいいと言われてるんだ」

「そうか」

「集落の一番奥にあって、建物の周《まわ》りは雑木林らしい。だから、深谷が泣き喚《わめ》いても、近隣の者たちの耳には届かないはずだと言ってた」

「目的の空き家に着いたら、そっちが舘に電話をするんだ。栗山、わかったな？」

「わかったよ。舘さん、いや、舘勉は疑り深いとこがあるんで、深谷を電話口に出せって言うかもしれねえな。そうなったら、どうするんだ？」

栗山が訊いた。

「深谷が抵抗したんで、殴って気絶させたと言っとけ」

「それで通用するかね？」

「舘がどんなに怪しんでも、そう言うんだ。いいな！」

「わかったよ。深谷は渋谷のホテルにいるんだから、それで押し通すしかねえよな」

「そういうことだ」

尾津は口を結んだ。

カローラは市道を直進した。民家と畑が点在しているが、ほどなく左右は林だけになった。舘の母方の実家は、市道の左側にあった。敷地は四百坪は優にあるだろう。平屋だったが、かなり大きい。屋敷林が塀代わりに植えられている。

庄司がレンタカーを広い庭に停めた。白戸はスカイラインを空き家の七、八十メートル先の路上に駐《と》めたようだ。

「二人とも車の外に出ろ」

尾津は命じた。口髭を生やした栗山が先に助手席から降りた。と同時に、走りだした。逃げる気らしい。

「そっちは車の中から出るな」

尾津は庄司に言って、カローラの後部座席から飛び出した。栗山は敷地の向こう側の雑木林に向かって駆けている。全速力だ。

「止まらないと、撃つぞ」

尾津は威嚇《いかく》して、拳銃をホルスターから引き抜いた。栗山は雑木林の手前まで達していた。林の中に逃げ込まれたら、厄介だろう。

尾津はセーフティー・ロックを解除し、スライドを引いた。初弾を薬室に送り込むなり、引き金を絞った。薬莢《やっきょう》が舞う。

放った銃弾は、栗山の頭上を掠《かす》めて太い樹木の枝を弾き飛ばした。

「撃つな。もう逃げねえよ」

栗山が立ち止まって、両手を高く掲《かか》げた。

尾津は振り向いた。カローラの車内は無人だった。庄司はこっそり逃走を図ったのだろう。

舌打ちしかけたとき、庄司の片腕を摑んだ白戸が庭に入ってきた。

「こいつら、逃《フケ》げようとしたんだね？」

「そうなんだ」

尾津は相棒に言って、栗山を向き直らせた。大股で近づき、無言で栗山の睾丸《こうがん》を蹴り上げる。強烈な前蹴りだった。

栗山が両手で急所を押さえ、飛び跳《は》ねた。かなり痛みを感じたはずだ。白目も見せた。

「また逃げたら、片方の脚《あし》を撃つぞ」

「わ、わかったよ」

「本気だからな」

尾津は安全弁を掛けると、シグ・ザウエルP230をホルスターに戻した。白戸が庄司を引っ張ってくる。前手錠を打たれていた。

「舘がこっちに来るまで、二人に手錠掛《ワッパ》けとこうよ」

「そうするか。その前に、栗山に電話をさせなきゃな」

「ああ、それが先だね」

「おい、舘に電話をするんだ」

尾津は栗山に命令した。

栗山が懐から携帯電話を取り出し、数字キーを押す。

尾津は聞き耳をたてた。通話状態になったようだ。

「栗山です。少し前に舘さんのおふくろさんの実家に着きました。ええ、もちろん深谷の野郎を拉致しましたよ」

「…………」

「ええ、これから痛めつけるとこです。わかってますよ。殺すまで殴ったり蹴ったりしませんや。どのくらいで、こっちに来られます？」

「…………」

「一時間半ぐらいで来てくれるんですね。舘さん、そのときに約束の金をおれと庄司に払ってくれるんでしょ？　ええ、三十万ずつって話でした。できたら、もう少し色をつけてもらいたいな」

「…………」

「えっ、本当ですか⁉　五十万円ずつ貰えるんだったら、深谷をとことん痛めつけますよ。そうすりゃ、奴はもう舘さんに金をせびることはしないでしょう。ええ、待ってます」

通話が終わった。

尾津は栗山に両手を差し出させ、手早く手錠を打った。それから、二人の元組員をひざまずかせる。

「おれ、玄関戸のガラスを蹴破って内錠を外すわ」

白戸が言って、家屋の玄関に向かった。

ほどなくガラスの割れる音がして、玄関戸が開けられた。尾津は庄司と栗山を立たせて、建物の中に押し入れた。

空き家は埃《ほこり》に塗《まみ》れていた。空気も澱《よど》んでいる。間数《まかず》は六、七室あるようだが、奥に上がる気にはなれなかった。

尾津は元組員の二人を上がり框《かまち》に腰かけさせ、セブンスターをくわえた。

「おれたちをもう解放してくれてもいいんじゃないのか？」

庄司が尾津に言った。

「そうはいかないな」

「どうせ舘さんが来たら、おれたちを逃がしてくれるんだろ？　だったら、もう……」

「舘がここに来るという保証はないだろうが？」

「絶対に来るよ。おれたちに報酬をくれることになってるし、深谷にも威《おど》しをかけたいはずだからな」

「舘が来たことを確認したら、二人をリリースしてやるよ」

「もし舘さんが来なかったら、おれたちはどうなるんだい？」

「二人とも人質になってもらう。それで、弾除《たまよ》けになってもらうことになる」

「舘さんの自宅に乗り込む気なんだな？」

「場合によっては、そういうことになるだろうな」

「そうなったら、栗山さんとおれは舘さんに何かされそうだな。舘さんを騙したわけだからさ」

「そんなにビビることはないだろうがよ。おまえら二人は、舘と宇崎の弱みを知ってるわけだからな」

白戸が話に割り込んだ。

「そうか、そうだよな。あの二人は元刑事だけど、どっちも後ろ暗いことをしてるんだから、おれと栗山さんを警察には売れないわけだ」

「そうだよ」

「栗山さん、舘さんの言いなりになってることないよ。二人で開き直ってさ、元刑事たちを逆に扱《こ》き使ってやらない？」

「捨て身になりゃ、それもやれるな。ちょいと考えてみらあ」

栗山が真顔《まがお》で答えた。

一服し終えて間もなく、尾津の懐で官給携帯電話が着信音を刻んだ。庭に出てから、モバイルフォンを掴み出す。電話をかけてきたのは、能塚室長だった。

「保科の交友関係の洗い直しで、何か有力な手がかりは？」

「これといった収穫はありませんでした」

「そうか」

「室長の筋の読み方にケチをつける気はないんですが、保科潤の交友関係を洗い直しても……」

「尾津、はっきり言えよ」

「わかりました。室長の推測は外れてると思うな」

「そうなら、おれは見当違いな指示を出してることになる。尾津は、どう筋を読んでるんだ？　遠慮しないで言ってみろよ」

「おれは、これまでの手がかりを結びつけた結果、警察ＯＢの舘勉と宇崎滋、椎名弁護士の三人が五年前の連続殺人事件に深く関わってると読んだんです」

尾津は自分の推測をつぶさに話した。

「舘と宇崎が深谷を心神喪失者に仕立てた疑いがあることはわかるよ。三好管理官が非番のとき、二人の精神科医のことを調べてたようだからな。その管理官は怪死した。まだ断定はできないが、三好警視は何者かに歩道橋の階段から突き落とされたんだろう」

「そう考えるべきでしょうね。舘と宇崎は未解決事件の主犯を庇《かば》うため、心のバランスを失ってる深谷を〝心神喪失者〟に仕立てたことは間違いありませんよ」

「ああ、その疑いは濃いな。しかし、主犯が元検事の大物弁護士ではないかという推理には飛躍がありすぎるんじゃないのか。え？」

能塚は合点がいかないようだ。

「どのあたりが飛躍してます？」

「椎名優が整形外科医の小杉奈津美と不倫の仲であることは明らかになった。それから、美人キャスターの高瀬彩香とも男女の関係だったんだろう。しかしな、大物弁護士は経営コンサルタントをしてた岩佐真紀とは接点がないんだぞ」

「ええ、ダイレクトな接点はありませんでした。しかし、間接的な繋がりはあるんじゃないかな。椎名の兄弟か親友が岩佐真紀と何らかのつき合いがあって、ひどい目に遭《あ》わされたのかもしれません。真紀とつるんで会社乗っ取りに励んでた保科潤も殺害されました」

「ああ、そうだったな」

「保科まで命を奪われた事実を考えると、椎名優の血縁者か親友は会社を真紀・保科コンビに巧みに乗っ取られたんじゃないんだろうか」

「椎名弁護士は会社をまんまと乗っ取られた身内か友人に同情して、女医とキャスターと一緒に岩佐真紀も誰かについでに片づけさせた。尾津は、そう筋を読んだわけだな？」

「いや、岩佐真紀と保科潤殺しの主犯は弁護士の身内か友人でしょうね。大物の弁護士が女医やキャスターとの関係を清算したいと考えてたとしたら、三人の女性を猟奇殺人に見せかけて葬ったのは……」

「椎名優の血縁者か親友ではないかと言うんだな？」

「ええ、そうです」

「おれは捜査資料を何度も読み返してみたが、岩佐真紀に会社を乗っ取られた元代表取締役の中に椎名姓の者はいなかったぞ。大物弁護士の血縁者は本事案には関わってないよ」

「とは限りませんよ。椎名の母方の親戚なら、苗字は違うでしょう。しかし、身内は身内ですよ」

「あっ、そうだな」

「能塚さん、岩佐真紀か保科に会社の経営権を奪われた元社長の血縁者を急いで調べてくれますか。その中に椎名優の母方の親戚がいるかもしれませんから」

「わかった。勝又と手分けして、すぐ調べてみるよ」

「お願いします」

尾津はモバイルフォンを折り畳んで、空き家の中に戻った。いつの間にか、夕闇が漂いはじめていた。

それから四十分ほど経つと、星が瞬《またた》きはじめた。空き家の中は真っ暗だった。

「レンタカーの中で待たせてくれよ」

庄司が尾津に声をかけてきた。

「カローラに乗り込んだら、栗山とすぐに車で逃げる気なんだろう？　餡が来るまで、弾除けが必要なんだよ」

「舘が来るまで、車の中でおとなしくしてるって。こんな暗い空き家にいると、なんか気が滅入《めい》っちゃうんだよ。だから、レンタカーの中で待たせてくれ。頼むよ」

「もう少し我慢してもらう」

尾津は取り合わなかった。庄司が溜息をついた。栗山も肩を落とした。

その数分後、尾津の上着のポケットの中でモバイルフォンが鳴った。外に出て、携帯電話を摑み出す。電話の主は能塚だった。

「おい、ビンゴだったぞ。椎名弁護士の母方の従弟《いとこ》の重沼清倫《しげぬまきよのり》、五十八歳が六年半前に輸入家具販売会社を乗っ取られてた。重沼は岩佐真紀と男女の仲になってからは会社経営を彼女に任せ、実印も預けてたようだな。趣味の小型飛行機操縦にうつつを抜かしてる間に、真紀と保科に会社を乗っ取られたらしい」

「やっぱり、そうだったか。室長、勝又さんとすぐに重沼清倫のアリバイを調べてほしいんです。もしかしたら、重沼自身が従兄《いとこ》の弁護士に頼まれて最初に高瀬彩香を殺し、次に恨みを持つ岩佐真紀を始末して、最後に女医の小杉奈津美を片づけたのかもしれませんから」

「そうなのかね。尾津、重沼は従兄の椎名と交換殺人を計画した可能性はないか？　つまり、椎名が別れたがっていた美人キャスターと女医を自らの手で殺した。椎名のほうは一面識もない岩佐真紀を従弟の重沼の代わりに犯罪のプロに葬らせた。考えられないか？」

「しかし、三人の額の落書き筆跡は同じだろうと鑑定されましたから、同一犯による犯行と……」

「その筆跡鑑定は正しかったんだろうか。酷似してるだけだったのではないかね。そうだったとしたら、交換殺人の可能性もあるぞ」

「そうならば、狙う相手は、ひとりと二人か。室長の勘が正しかったら、重沼清倫が損をすることになります。大物弁護士の従弟は会社を乗っ取られてから、貧乏暮らしを強《し》いられてたんですかね？」

「そうだと思うよ。かつての同業者の会社で配送の仕事をさせてもらって細々と暮らしてるみたいだからな」

「それなら、重沼は成功報酬を従兄から貰う約束をして、一面識もない高瀬彩香と小杉奈津美を革紐で絞め殺したのかもしれません。接点のない岩佐真紀を第三者に始末させたと考えられますね。そっちの実行犯は、まだわかりませんが……」

「とにかく、重沼のアリバイ調べを急ぐよ。尾津たち二人も、いったんアジトに戻ってくれ。一時間以内には戻れるんだろ？」

「できるだけ早く桜田門に向かいます」

尾津は大久保係長の顔を思い浮かべながら、曖昧な返事をした。係長との約束を破るわけにはいかない。

大久保の指示を優先させたことを室長が知れば、プライドを傷つけることになる。また、大久保と能塚との関係も、ぎくしゃくしてしまうだろう。

モバイルフォンを懐に戻したとき、車の走行音が耳に届いた。エンジン音はしだいに高く響いてきた。舘勉の車だろう。

尾津は空き家の三和土《たたき》に駆け込み、庄司の手錠を外した。相棒が栗山の手錠を解《と》く。

「舘に見つからないよう、いったんこの空き家から徒歩で離れたほうがいいな。それで舘がこの家に入ったら、レンタカーに乗り込むんだな」

尾津は言って、庄司と栗山の背を押した。

二人は中腰で表に出て、屋敷林に向かって走りだした。車の停止音が聞こえた。

「行こう」

尾津は白戸に低く声をかけ、空き家から出た。白戸が背後に立った。

ちょうどそのとき、庄司と栗山が相前後して呻いた。路上に倒れ込む音も聞こえた。銃声は聞こえなかったが、どうやら二人は撃たれたようだ。

「庄司たちは消音型拳銃でシュートされたんだろう。白戸、行くぞ」

尾津はホルスターからシグ・ザウエルP230を抜き、勢いよく駆けはじめた。走りながら、セーフティー・ロックを外す。相棒が追ってくる。

空き家の前に出ると、庄司と栗山が路上に倒れていた。どちらも身じろぎ一つしない。

すでに息絶えたようだ。

右手に灰色のレクサスが見える。その横に、二人の男が立っていた。宇崎滋と舘勉だった。宇崎は消音型拳銃と思われるピストルを握っている。ロシア製のマカロフPbか。

「こんなことだろうと思ったよ。庄司たち二人を生かしておくと、われわれの立場がまずくなるんでな」

「それから椎名優と従弟の重沼清倫の立場も悪くなるはずだ」

尾津は宇崎に言った。

「椎名先生の従弟のことまで調べたか。尾津、優秀だな。後輩の刑事《デカ》たちを若死にさせるのは忍びないが、やむを得ないだろう」

「ヤメ検弁護士は従弟の重沼と交換殺人を企《たくら》んだのか？　重沼は接点のないキャスターと女医を殺害し、椎名は従弟の会社を乗っ取った真紀を第三者に始末させたんじゃないのかっ。おそらく同じ実行犯に保科潤も片づけさせたんだろう」

「お見事だ。その通りだよ。落書きの筆跡を酷似させるのが一苦労だった。真紀と保科を手にかけたのは、横にいる舘さ」

「う、宇崎さん！　気は確かですか⁉」

舘が悲鳴じみた声をあげた。

「別に狂っちゃいないよ」

「しかし……」

「尾津と白戸は始末するんだから、別に問題はないじゃないか」

「あっ、そうですね」

「ご苦労さんだったな」

宇崎が横に移動し、舘のこめかみを撃ち抜いた。舘は棒のようにぶっ倒れた。声ひとつ上げなかった。

「あんた、何を考えてるんだっ」

尾津は声を張った。宇崎が銃把を両手で保持し、連射してきた。

銃弾の衝撃波が髪の毛をそよがせ、衣服も体に張りつかせる。一瞬、聴力も奪われた。

「白戸、道端まで転がれ！」

尾津は相棒に大声で言い、片膝を路面に落とした。ニーリング・ポジションで二発たてつづけに撃った。

右横に薬莢が吐かれ、硝煙《しょうえん》がたなびく。手首に伝わる反動《キック》で、右腕が小さく上下した。

初弾は的《まと》から少し外れてしまったが、二弾目が宇崎の右の肩口に命中した。宇崎が唸って横倒れに転がった。サイレンサー・ピストルは手から落ちたようだ。

尾津は一気に間合いを詰めた。すぐに白戸が追ってくる。尾津は消音型拳銃を拾い上げた。やはり、マカロフPbだった。

「椎名は、あんたと舘が庄司たち二人に集めさせた大企業の不正やスキャンダルをちらつかせて顧問弁護士になったんだな」

「うーっ」

宇崎は唸り声を発しただけだった。尾津は左手に持ったマカロフPbの引き金を無造作に絞った。九ミリ弾は宇崎の左の太腿にめり込んだ。

「いまのは暴発だ。運が悪かったと思ってくれ」

「き、きさまーっ」

「あんたは五年前の事件の犯人として深谷を用意し、大物弁護士から事業資金を貰ったんだろ？」

「……………」

「また、暴発しそうだな」

「撃つな。椎名先生から三億をいただいた」

「三好管理官を突き落としたのは誰なんだ？」

「わたしだよ。三好は猟犬みたいな男なんで、破滅させられる予感を覚えたんだ。わたしは犯罪者として裁かれたくなかったんだよ」

「あんたは救いようのない悪人だ。これも暴発だぞ」

尾津は、宇崎の腹に銃弾を沈めた。宇崎が四肢《しし》を縮めて、体を左右に振った。

「アナーキーだね、尾津さんは。けど、過激なことをやる刑事《デカ》がいてもいいと思うよ。今夜中に椎名優と重沼清倫も逮捕したいね。おれ、能塚室長に手配してもらう」

白戸が上着のポケットから、携帯電話を取り出した。

尾津は宇崎の腰を思うさま蹴った。

宇崎が唸りながら、悪態をついた。尾津は嘲笑を返した。

著者注・この作品はフィクションであり、登場する人物および団体名は、実在するものといっさい関係ありません。

一〇〇字書評

暴発

切り取り線

購買動機（新聞、雑誌名を記入するか、あるいは○をつけてください）

□（　　　　　　　　）の広告を見て	
□（　　　　　　　　）の書評を見て	
□ 知人のすすめで	□ タイトルに惹かれて
□ カバーが良かったから	□ 内容が面白そうだから
□ 好きな作家だから	□ 好きな分野の本だから

・最近、最も感銘を受けた作品名をお書き下さい

・あなたのお好きな作家名をお書き下さい

・その他、ご要望がありましたらお書き下さい

住所	〒				
氏名		職業		年齢	
Eメール	※携帯には配信できません	新刊情報等のメール配信を 希望する・しない			

この本の感想を、編集部までお寄せいただけたらありがたく存じます。今後の企画の参考にさせていただきます。Eメールでも結構です。

いただいた「一〇〇字書評」は、新聞・雑誌等に紹介させていただくことがあります。その場合はお礼として特製図書カードを差し上げます。

前ページの原稿用紙に書評をお書きの上、切り取り、左記までお送り下さい。宛先の住所は不要です。

なお、ご記入いただいたお名前、ご住所等は、書評紹介の事前了解、謝礼のお届けのためだけに利用し、そのほかの目的のために利用することはありません。

〒一〇一－八七〇一
祥伝社文庫編集長　坂口芳和
電話　〇三（三二六五）二〇八〇

祥伝社ホームページの「ブックレビュー」からも、書き込めます。

http://www.shodensha.co.jp/bookreview/

祥伝社文庫

暴発《ぼうはつ》　警視庁《けいしちょう》迷宮《めいきゅう》捜査班《そうさはん》

平成25年10月20日　初版第1刷発行

著　者　南《みなみ》　英男《ひでお》
発行者　竹内和芳
発行所　祥伝社《しょうでんしゃ》
東京都千代田区神田神保町3-3
〒101-8701
電話　03（3265）2081（販売部）
電話　03（3265）2080（編集部）
電話　03（3265）3622（業務部）
http://www.shodensha.co.jp/

印刷所　堀内印刷
製本所　関川製本
カバーフォーマットデザイン　芥　陽子

Printed in Japan ©2013, Hideo Minami ISBN978-4-396-33880-0 C0193

祥伝社文庫　今月の新刊